KB098641

지팡이에 대한 명상

온북

지팡이에 대한 명상

초판1쇄 2018년 11월 10일 인쇄
2018년 11월 15일 발행
지은이 김정수
펴낸곳 OnBook
주 소 서울특별시 금천구 가산디지털1로 145 1층(가산동 371-50)
전 화 02-2624-0800

가 격 12,000원
ISBN 979-11-88477-09-8 (03800)

이 도서의 국립중앙도서관 출판예정도서목록(CIP)은 서지유통지원서스시스템 홈페이지(http://seoji.nl.go.kr)와 국가자료공동목시스템(http://www.nl.go.kr/kolisnet)에서 이용하실 수 있습니다. (CIP제어번호: CIP2018034670)

서문

처음 선보이는 이 시집은 비록 누추하기는 하지만 나에게는 한없이 소중한 마음의 흔적들이다. 시간을 표류하는 나의 나날은 때로 평온한 듯 잔잔했고 때로 모진 급류에 휩쓸리듯 거친 난항을 겪기도 했다. 늘 누군가를 위해서가 아니라 다만 나 자신을 위해서 솔직해지고 싶었다. 그것을 이기심이라 해도 달리 할 말은 없지만 나는 그 마음을 담백한 정직함이라 애써 말하고 싶다.

어떤 이는 나의 시에서 어떤 종류의 난해함에 당황해 할 수도 있고 또 어떤 이는 소소한 공감에 고개를 끄덕일지도 모른다. 누군가에게 나의 내면을 엿보이는 것은 사뭇 쑥스러운 일이기도 하지만 누군가에게 미약하게나마 내 내면을 소통시킬 수 있다면 나름 의미 있는 일이라 할 수 있을 것이다.

이제 나의 시를 세상에 과감하게 던지고자 한다.

그것이 어떤 파장의 물결을 만들지 알지 못한 채 나는 남아 있는 여력과 정성을 다해 과녁 없는 총탄을 장전하고 진실의 한방을 겨냥할 뿐이다.

누군가 단 한 사람만이라도 나의 시에 스스럼없이 꽂혀 나의 마음에 공감해 준다면 나는 그것으로 충분히 흡족해하고 행복할 것이다.

연로해지신 아버지와 천국에서 나를 지켜보실 어머니...그리고 어려운 시간 나를 위해서 기도해준 나의 가족들과 조목사님, 박사관님, 정선생님 그 밖의 지인들에게 내 마음이 담긴 이 첫 시집을 헌정하고자 한다.

2018년 5월 1일 作

김정수

차례

3부
사랑 부심

4부
어떤 아픔에 대한 보고서

5부 사회, 문화적 고찰

6부 젊은 날의 자화상

7부
불혹… 그 이상한 징후들

지팡이에 대한 명상

지팡이 …
처음에 그것은 낯선 것이었다.
이물질처럼 내 삶에 엉겨 붙은 그 것
어느덧 내 삶의 촉수가 되어
나를 이끈다.

내가 지팡이의 주인인지
아니면 지팡이가 나를 인도하는지
어느새 우리가 함께하는
그 길은 고적하기도 하고
때로 훈훈하기도 하다
이제 지팡이가 없는 나의 활보를
이해하지 못 할 것만 같다.

함께함이란 그런 것 이다.
서로의 빈자리가 아프게 느껴지는 것
새록새록 그 친밀감에 익숙해지는 것
내가 더 나아가는 그 길가에

늘 엎어져있는
지팡이의 긴 그림자가
이제 애틋한 눈길처럼 다가온다.
가지 …
나와함께
저 낯선 미궁의
삶의 지평선을 향해 …

뚜벅 … 뚜벅 …
뚜벅 … 뚜벅 …

긴 그림자 옆에
바싹 달라붙은 작은 그림자 …
그 외로운 동행이
사무치게 아름답게 느껴지기까지 …

1부

주에게로

어떤 기도

나그네 되어
당신을 만났습니다.
그냥 지나칠 수도 있는
한 떨기 꽃잎 같은
어둠의 수맥(水脈)을 잡고
자라난 위태로운 줄기를 가진
내 영혼
당신은 헤아려
나를 거두기로 하셨습니다.

수면(水面)에 깊이 침잠하던
내 축축한 절망도
쑥부대기로 재를 삼는
화로(火爐)속의 내 위험한 정열도
다만
당신이 허락한 날들일 뿐입니다.
나는 늘 당신 등 뒤에서
따라 부르는 노래 한 소절

나그네 되어

당신을 만나

어깨위로 떨어지는

보푸라기 같은 햇살들을

안고 있으면

다 그것이

기쁨이 되었습니다.

눈부신 떨림이 되었습니다.

나는 그 고요한 밤을 기억하고 있다 (성탄시)

기억해보면 그래, 우리는 그렇게 만났다.
긴 한숨처럼 별이 지던 오래전의 그 밤
어디선가 이해할 수 없는 폭력이
행사되어지고 있었고
자유는 다만 소수를 지키기 위한 울타리일 뿐
사람들은 가축처럼 자신을 이해하지 못했다.
오래전 우리는 부끄러움을 알지 못했다.
어떠한 신성함도 어떠한 고결함도

그리고 그가 왔다.
비천한 말구유, 더러운 냄새가
공기를 진동시키는 그곳은
인생에 대한 신의 비유였다.
혼란스럽고 소외된 그 장소는
우리들이 영원히 저주받아 마땅한
존재임을 각인시키는
신의 암시였다.

그리고 그곳으로 그가 왔다.
저 오래된 공포와 무지의 밤을 종식시키고
한숨처럼 흘러갔을
별들의 장막을 거두기 위해
그가 인간의 옷을 입기로 했다.
그것은 필경 볼품없는 방문이었다.
아무도 그 협소하고 예고 없는 방문을
예찬하지 않았다.
거기엔 옛 신화가 간직한
서스펜스(suspense)도 스릴(thrill)도 없었다.
다만 신의 말씀을 구현(具現)하기 위한
순결하고 여린 눈빛이
하늘을 가만히 응시 했을 뿐

하지만 모든 것인 그분이
아무 것도 아닌 것이 되는 것
신이 계획한 서스펜스는
바로 그 굴욕 속에 있었다.

그 굴욕을 통해 비로소 우리는
신이 우리를 사랑하고 있다는
사실을 알게 되었다.
그가 우리와 함께 하고 있다는 사실을
그가 결코 우리를 잊지 않으신다는 사실을

그래, 나는 그 밤을 기억하고 있다.

내 안의 절망이 사나운 사자처럼
나를 할퀼 때마다
나를 견디게 한 것은
바로 그 가난하고 누추한 밤의 의미를
똑똑히 기억하기 때문이다.

주의 죽음……
그리고 생선회

주님이 돌아가신 날
나는 생선회를 먹었다.
살점이 잘 떠진 접시위에
파리 한 마리가 동참 하더군
죽음을 맴돌 듯… 예찬하듯…
생선회도 때론 저렇게
'정돈된 죽음'을 맞는다.

그런데 어찌 그는……

나는 그의 죽음에 동참할 수 없었다.
그와의 사랑이 썰물처럼 빠져나가고
나는 '이상한 열기'만을 간직한 채 살아왔다.
주를 버린 삶은 미망(迷妄)이었다.
늘 채워지지 않은 밥 한 공기
허기졌다.

단 한번 오신 그가 떠나가신 날
나는 흰 살이 야광(夜光)처럼 빛나는
그 '정돈된 죽음'이 사기처럼 느껴져
그것을 허겁지겁 먹었다.
어쩌면 그분은 그날
죽지 않았는지도 모른다.

그는 매일 죽는다.
어둠이 성채처럼 발현하는
이 세상 어느 귀퉁이에서
그는
매일 매일
죽음을 반복한다.
그의 죽음이 비로소
온전하게 완성되기까지 ……

2부

자연에 머무르다

봄 1

봄은
오래된 구설수였지
파기(破棄)되지 않는 약속 같은 것

그대
내가 만들어준 마음 속
그 길 따라
아득히 떠나갔지만
봄은 찾아온다고

그 소식 없었으면
나는 벌써 죽었지

따뜻한 햇살이
이별로 눅눅해진 세상을 말리는
나무들이 새 기억의 옷을 입는
봄에
나는 보았지

저기
꽃들이
미친년처럼 피어나고 있는 것을

미친년처럼
정신없이
미친년처럼
헤프게 웃기 시작하는 것을

봄 2

온 몸 찢으며
봄은 그렇게 시작된다.
꽁꽁 얼어붙은 꽃잎들을
흔들어 깨우며
(탄생은 죽음의 반동(反動)이라던가)

그러니까
생각의 균열이라는 것도
알고 보면
살아간다는 표식
제 내부를 찢어
붉은 꽃을 피우는 일이다.

다만 재빨리 죽음을 장려하는 자들만이
먼저 봉쇄(封鎖)를 배우는 것
시간과 시간의 척추마디에 서린
오래된 벽들을 다듬고
날아 들어오는 봄의 구설수를
그들은 거절한다.

뜻도 모르고 중얼거리는
바이올리니스트의 활강(滑降)처럼
한번 심장이 흔들리기 시작하면
시인이란 자는 폐 벽을 뚫고
부풀어 날아오르는
무더기의 새떼들을 발견하게 되리

욕망이 희석되지 않은
깃털의 단추조차 잠겨있지 않은
헝클어진 봄의 울음을

봄비

타박
타박
스타카토처럼
총총히 달려오는
봄 비

아련한 추억에 기댄 내게
선선히 스며드는
차갑고 영롱한
봄의 눈물자국 묻은
소 리

첨벙
엉거주춤 달리는 차선에선
요란한 마찰음이
이별의 경적처럼 울리고

나는 수줍은 봄꽃처럼

자꾸 자꾸
어딘가로 향해
움츠려 만든다.

봄 비
주르륵 흐르는
얼핏 슬프고
애달픈 가락에
한없이 젖어든다.

이맘때쯤 불현듯
떠오르는 얼굴처럼
봄비가 찾아온다.
저 멀리서
허우적
달려온다.

봄꽃

사랑은 아는 것이 아니다.
하는 것이다.
저기 꽃들, 봄이 되면
제 속살이 아프듯 …
사랑은 말하는 것이 아니다.
겪는 것이다.
고통을 답습(踏襲)하면서도
세상은 한 떨기 꽃을 피우고야 만다.
이별이 준비되어있음을 알면서도
우리가 손을 잡듯
집요하게
나무들 제 가지의 들창을 열어
가슴깊이 심어두었던 향기 ……
그 사랑을 토해낸다.

우리는 누구나
그 누군가를 위한
그 마지막 한줌의 숨을 가지고 있다.

어느 봄날의 여운

날씨는 주춤거리듯
온기로 가득차고
흐느적거리는 기억을
끌어당기는 나의 손은
이맘때쯤
봄꽃처럼 애처롭다.

늘 조금쯤 행복했고
조금쯤 미안했고
조금쯤 안타까웠던
추억의 모퉁이에서는
또
무슨 빛깔의 꽃이 피고 질는지…

봄날
선선히 스며들던
그대의 손길처럼
가슴 벅찬 바람이

저 멀리 손짓하며 다가오는데
이 봄이 다 가기 전
너는 또 무슨 빛깔로
반짝일 수 있을는지 …

긴 그림자처럼
우두커니 서있는 추억의 시간을
쿡쿡 누르면
봄꽃처럼 빛나게 번지던
그 화사한 시간들이여
이제는 안녕 …
이라고 조용히 속삭이고 싶다.

그대가 만들어준 그 길목 어디에선가
나는 피고 또
진다.

가을 1

신은 슬픔을 알고 있다.
저기 서늘한 한줌 달빛은
신이 몰래 흘린 눈물
사람에겐 저마다
대신 울어줄 수 없는 눈물이 있고
어깨 낮춘 산허리에 그가
얼굴 한번 비비면
잎사귀 하나 붉게 멍든다.

바람은 그가 유일하게 남기고 간
편지, 그리움을 우표로 한 그 편지는
그러나 어디에도 도착되지 않는다.
간혹
사랑의 아픔에 균열진 깊은 동공에
용기 같은 입김을 불어넣지만
바람은 이 도시, 네온의 날카로운 손에 닿으면
밤의 파도에도 쉽게 부서지는
익명의 격언일 뿐

그러나
신이 가을을 짓고 부수지 않는 것은
아직, 내 안의 슬픔이
충만하기 때문
꽃잎 하나
세례가 되어 내 가슴에 떨어지면
신이 나를 거두시는
그 뜻
낙엽처럼 밟히고
내 신생(新生)의 영혼
저 머큐롬 빛 하늘 어딘가에
또 다른 쓸쓸한 편지가 되어 부쳐진다.

가을 2

창문을 열면
아주 작고 언덕 같은 산이 보인다.
아주 작고 언덕 같은 볼품없는 산에도
가을이 머무른다.
은혜 입은 산
붉게 상기된 얼굴을 들고
나를 응시한다.

그곳으로 몇 백번의 노을이 건너가고
내 인생에도 주름이 몇 개 잡혔다.
약속처럼
사랑이 시들고
나는 다짐하듯 책갈피 속에
딱딱하게 굳은 낙엽을
이별의 시편(詩篇)에 묻어두었다.

사향(死香)과도 같은 그 냄새를 쫓아
책장을 넘기다 보면
내 삶이 사랑보다는
이별의 고통에 친숙하다는 것을 알게 된다.
낙엽은 우리가 상상했던 것보다
견고하며 그 피막은
죽음의 외각과 흡사하다는 것을
그리고 추락하기 위해
그토록 오래 머물러있었다는 것을

나는 일시적 두려움에
창문을 닫는다.
내 잔혹한 기억이 함부로 노출되는
두려운 가을을 차단하듯
그러나 놀라운 것은
내 온몸이
가을에 갇혀버렸다는 사실

가을에 은혜 입은
작고 언덕 같은 산이
창문 너머에서
나에게 조롱하듯
말한다.

“우리의 그리움은 너무나 많이 닮아있구나”

가을 3

붉게 취한 나무는
저마다 이파리를 뽑아
먼 지층으로 던진다.
스트라이크로
정확히 송구되는 가을
신이 쏟아낸 슬픈 감탄사처럼
저기
인생의 의미부호에 무수히 닫힌
물음표, 따뜻한 잎새들
우수수
나의 빠른 발목을 덮는다.

온기(溫氣)를 품은 길 그러나
모든 길은 그것을 밟는 순간
지워진 길이다.
그대를 사랑하면서부터
그대를 문틈의 햇살만큼
조금씩 지워가고 있었다. 나는

진실을 알면서부터
그 진실의 배반자가 되어가고 있었다. 나는
그러나 무거운 기억의 옷을
때로
벗을 줄 아는
현명한 나무처럼
소멸을 닮아가는 인생은
간결하고 아름답다.

가을이 열어놓은
막다른 미궁(迷宮)의 길

우리는 언제나
아득하게
사라져버린 길을
쫓고 있는지도 모른다.

겨울 1

창문에 잘못 걸린 바람이
삐걱거리는 것을 그는 느꼈다.
기억이 쉽게 골절(骨節)되듯
누군가의 옛 추억이
이 겨울의 황량함을 덧입은 채
멀어져가는 것을

아직 손질되지 않은
냉각된 하늘사이로
깊이 손을 집어넣어보지만
따뜻한 한줌의 소식은 잡히지 않는다.
어쩌면 그것은
그가 유일하게 고집을 피우는
헛된 기다림일지도 모른다.

누비 같은 기억들을
실밥이 뜯어져나간 사랑을
천천히 끌어당겨보지만

겨울은 뜻밖에도
넓고
차가웠다.

그는 자신이
외야수처럼 잔뜩 긴장한
저 길 밖을 지키는 가로등처럼 느껴졌다.
항상
그곳에 머물러 있지만
쉽게 간과(看過)되고 마는
그 사소함을
이 광활한 겨울이 결코 가려주지 않음을 알지만

그는 잠시
자신의 내부에 귀를 기울여
차가운 우울이
눈발처럼
신이 떨어트린 음표처럼
힘차게 맴도는 것을 듣기로 한다.

겨울 2
-나는 고도를 알고 있지-

기다리던 것은
언젠가는 사라진다.
사라지는 것을 기다리는
이 슬픈 버릇은 그러나
쉽게 고쳐질 기미를 보이지 않는다.
기다림은 내 삶의 또 다른 부제(副題)
기다리다 지치면
조금만 줄여 기다리고
기다림이 막히면
기다림을 처형할 그 날을
기다리지만
난해한 숙제는 끝나지 않는다.

나 저 눈발 밑에서
또 다른 형식의 기다림을 본다.
저 땅 속 깊은 곳에서
마지막 호흡을 다해
기립하려하는
꽃과 풀들의
미세한 움직임.
그 조촐한 기다림의 향연을
그래, 기다리는 것은
내 잘못이 아니다.

저 시린 눈발의 대지도
무엇인가를
간절히
목 놓아
기다리고 있으니 ……

나 차라리
기다림 그것을 기다리기로 한다.

산턱에서

산의 한가운데에
혈관같이 따뜻한
시냇물이 흐를 줄이야

겨울에 사정없이 긁힌
바람을 위로하고
돌아오지 않는 새들마저
씻어주던
마치 기도처럼
제 몸의 흉터를 벗겨내는
정숙한 시간이
산들에게도 있음을
알면서,
알면서,

되돌아 내려오는 곳에
버젓이 찍혀오는
움집 같은 내 발자국들

그것들도 가만히
귀담아 들어보면
필경
흘러가는 소리
시간이 낙찰되는
아스라한 소리였음을

강

서서히
안개가 걸어온다. 안개는 말이 없다.
강물은 침상위에 시간의 융단을 깐다.
그곳을 지나칠 수 있는 것은
오직 안개 뿐
우리는 버림받았다.
돌을 메어단 지친 소리들은 그곳에 가라앉아
다시 우러나오지 않는다.
되돌려 받을 수 없는 향내가
기다리는 자의 손은 메마른 가지처럼
부러져 안개 속으로 쏟아진다.

우 우 우

안개가 떠나간다.
강물은 차가운 손으로
그 얼어붙은 얼굴을 가린다.

개미의 집

개미의 집을 본다.
바늘구멍 틈으로 들락날락하는
가끔씩 모래의 유곽(遊廓)사이로
허리가 잘려 나가는 개미는
남루한 하늘아래
집을 만든다.
때맞추어 먹이를 구하고
서로의 미움으로 긁히며
때로 분노인 채로 허덕이면서도
그들은 모래를 밀 수 없는 운명을
중단하지 않는다.
작년엔 그들의 보금자리를 허무는 장마가
며칠을 이어졌다. 사소한 기후의 변주만으로도
그들은 쉽게 물러나는 법을 배우고 있었다.
시간은 그들의 흔적을 소리 없이 지우고
나는 그들을 까맣게 잊고 있었다.

그러나 그들은 다시 내 앞에 섰고
봉분(封墳)같은 새 집을 지었으며
또 다른 분노가 되어
석고상처럼 딱딱하게 굳은 몸을
힘차게 풀어헤쳤다.
마치 나비라도 되려는 몸짓으로
그들은 어떤 힘에 밀려
내 앞으로 당당히 다가온 것이다.
그들을 보고나면
어떤 것은
그것 그대로 아름답다.

나는 더 이상
나를 미워하지 않는다.

벌레를 죽이다 -죽음의 미학-

벌레 한 마리를 죽였다.
가슴 한 언저리가 으스스 떨려왔다.

내 언어의 모세혈관보다
윤기 나는 날개를 가진 벌레는
자신을 미망(未望)쪽으로 재촉하고 있었다.
마지막 격렬한 날개짓으로
혼탁한 추억을 정리하며 ……

언제부터 나에게
그 누군가의 아침을
허락 없이 무너지게 할 수 있는
권한이 주어진 것일까
그러나 나의 성능 좋은 홈키퍼(home keeper)는
그의 방만한 일상을
사려있게 차단시켜 주었다.

더 이상 먹이를 구하기 위해
광활한 허공에 손짓하지 않아도 돼, 그대

더 이상 홀로 비상하지 않아도 된다고, 그대
순간, 그의 죽음은
명백하고 선명하게 보인다.
마치
구원의 차가운 빛처럼.
....
....
....
나는 문득
나를 용서할 수 없을 것 같은
기분이 들었다.

바다로부터 1

그날,
해변 녘에서 돌아온 후로
나는 다짜고짜 이불을 추스르고
세상의 모로 누웠다.
문 밖에선
아버지, 어머니, 동생이
삶이라는 병에 걸려
떠들고 있었다.
분주하기만 한 병(丙).
삶.
수평선에 수태별이 긁히는 것을 보며
나는 내 삶의 막을 촘촘히 찢었다.
상처가 아물 때까지
이불만 추스를 참이었다.
해변 녘 모래사장에
묻어두고 온
외로운 고백이나
어부처럼 낚으면서

아버지,

저를 용서하세요.

바다로부터 2

-해운대에서-

구겨진 파도자락
너울너울
내 가슴에 밀려온다.
햇빛은 짠하게
말간하늘을 가득 채우고
갈매기 떼들 여기저기
목울음을 남기며
분주히
허공을 휘젓고 지나갈 때
지팡이 짚고 서있는
모래사장 위에
애처롭게 엎어져있는
내 그림자가
찔끔 눈물겹다.

나는 왜 외로운 모습으로
이곳에 기우뚱 서있는가
그 무엇이 나를
시퍼렇게 멍든
이 바닷가로 이끌었는가
바닷바람이
곪은 내 상처들을
씻어줄 수 있을까
내 마음의 슬픔을
갈매기 떼들에게
먹잇감으로도 주고 싶은
어느 봄날 해변가
비린내 시큼한 저 멀리서
바람은 달려오며
내게 말하는 것 같다.

괜찮다고
이제는 괜찮다고
정녕 괜찮다고

상어를 보다

-해운대 아쿠아리움에서-

늠름한 상어가
푸른 물살을 헤집고
유영하는 것을 본다.
수족관의 물살은
잠든 듯 고요하다.
상어는 서두르는 법도 없이
느릿느릿 물살을 가른다.

저 상어는 그가 뛰놀던
급물살로 요동치는
늘 어디선가 마주칠
위험요소로 가득한
수수께끼 같은 그 난해한 바다를
어렴풋 기억하고 있을까
느릿느릿 빙글빙글 도는
이 편안한 일상이
상어 그에게는

더없는 모욕임을 알고 있을까
더는 쏜살같이
서두르지 않아도 되는
이 무한한 평화가 사실은
또 다른 형식의 죽음일 뿐임을
그도 알고 나도 알고 있다.

네 삶의 지나친 평화가
어떤 종류의
철저한 무관심으로부터 오듯이
영화로움은 때로
진실에 대한 모욕임을
나는 알기에
그가 잃어버린
요동치는 서슬 퍼런 그 바다가
왠지 그립고 또 그립다.

저 상어에게 주입 된
견고한 평화와 고요가
왠지 슬프고 안쓰럽게 느껴질 때쯤에도
왕복열차처럼 무한히 반복되는
저 상어의 푸른 되새김은
좀 채 끝나지 않을 것만 같다.

내 곁에 머무르는
한없는 권태처럼
박제 된
나의 차가운 나날들처럼

3부

사랑 부심

사랑에 대하여 1

그대는 말했다.
떠나는 나의 뒷모습이 쓸쓸해 보였다고
하지만 그대와 함께 있음으로
더욱 쓸쓸했을 그 순간을
그대는 까맣게 모른다.
언제나 그대가 무심코 버리고 간
그 겨울
한가운데에
나는 서 있다.

그대를 사랑함은
그 헐벗고 추운 광야를 안는 것

지난날
외로움을 용서받기 위해
그대를 사랑했지만
아,
사랑이 또 다른 죄임을 알게 되기까지

그대가 내 마음에 무심코 버린
그 겨울
한가운데에선
쥐불처럼 오래된 바람이 불고
꺼질 줄 모르는 침묵만이
어루만지듯
나를 흔들어 깨운다.

사랑에 대하여 2

세상에 태어나
'그대'라는 무서운 비밀코드
하나를 갖게 되었다.
그대를 거치기 위한 그 수많은 미로 같은 통로
그대는 왜 그렇게 많은 길을 가지고 태어났는가

때로
새벽에 들이키는 술잔처럼
그대는 쓰고
내 밤의 혈색을 교란시키는 별처럼
기원을 알 수 없는

그대로인해
나는 비로소 세상에 태어나
따뜻하게 안길
무덤 하나
갖게 되었다.

별들이 웅성거리는 그 곳
고해성사 같은 바람이
우리를 사죄하기로 한
바로 그 곳에서

‘ ’라는
비밀코드 하나가
소리 없이 아름답게
풀린다.

사랑에 대하여 3

사랑이라고 하는 것을 시작하기로 한다.

그대의 어깨에 떨어진
동티만한 먼지를 떼어줄 때
그대의 얼굴에 잠시 피어나던
그 애매한 미소
그 작은 것을 견디며
빛바랜 외로움을 마무리하기로 한다.

그의 거칠게 아문 상처와 밀회하기 위해
서툰 문신처럼
나 그대에게 다가가지만

그 길 따라서 가다보면
꽃 피고 지는 소리에
놀라고
궤변에 가득 찬 밤으로 인해
나의 언어들은 몸살 앓지만

잊혀 진 것
그것이 만남이라고
세상사람 다
입 다물고 그것들을 믿어도
그래서 꽃잎 지던 가을
사람들이 가득 떨어져
슬프고 아까운 세상이 되더라도

그대와 나 가련함은
살아있다는
그 굳은 약속이기에

보푸라기 같은
작은 것들을 견디며
나 그대를 안기로 한다.

사랑에 대하여 4

그대의 늦은 30분에 대해 비난하는 나를
그대는 비난한다. 경 박 하 다 고
그대의 늦은 15분은 사실
그대에게 무모한 방식으로 집착하는
내 분별없이 쓸쓸한 하루
그 기다림의 모욕임을 그대는 모른다.

그대를 비난하는 만큼
나는 그대에게 열중해있다.
나의 어록은 그대를 지키기 위한
비망록(備忘錄)으로 가득 차 버렸다.
그러므로 나에게 사랑이라는 개념을
누설(漏說)한 그대를
나는 용서할 수 없다.

전화기만을 향해 솔깃해진 내 귀의 성향을
30분의 기다림에도 불안해지는 내 심장의 박동을
그대와 함께 공유한

그 밤의 은밀한 냄새를 쫓아 발달된
내 어이없는 촉수(觸手)들
나는 그대를 詩처럼 사랑할 수 없다.
하등돌물처럼 포악하고 간결하게
그대를 갖지 않으면 살수 없다는
경박한 적자생존의 원리로
그대를 수인(囚人)처럼
내 안에 포박하고 싶은 나는

그대로인해
사랑을 뜯어먹고 사는
아름다운 야수(野獸)가 된다.

사랑에 대하여 5

사람은 태어나
누구나 한번쯤 그 길을 지난다고 한다.
그리고 그 길을 지날 때면 누구나 한번쯤
애틋한 음성으로
자신을 호명(呼名)하는 소리에 놀라곤 한다고
환청처럼 처음 자신의 이름에 내재되어 있는
울림을 감지하며, 알게 된 것은
그 누구도 자신을
그러한 방식으로 부르지 않는다는 사실
외로움의 뼈들이 산적(散積)된 작은 동산에
그대가 처음 메아리를 만들어 주던 그 길
막다른 곳에
헐벗고 오래된 사랑이 웅크리고 있었다.
그리움의 미풍이 내 밤의 방파제에 부딪쳐
별을 잉태한다는 그 이야기가
'사실적'으로 들리던 그 때
그 길을 걸으며 추적추적 흘린 눈물마저
나를 담금질 하는 유일한 불꽃

무거운 밤을 일으켜 세우는
따뜻한 격려가 되었다.
누구나 한번쯤 태어나 그 길에 들어서면
비 개인 오후처럼
세척된 낯선 세계와 마주친다고 들었다.
그리고 …

그리고 …

그리고 …

첫 사랑

(아득히 먼 그 옛날의)

흰칠한 달빛이
미끌미끌 걸어 들어와
내 가슴에 부서졌습니다.
가슴속의 두근거림 때문에
소란스러운 밤
나는 풀잎처럼 뒤척였습니다.

소문으로만 듣던 사랑이 내게 왔을 때
사시나무처럼 어쩔 줄 모르고
못내 떨었습니다.
찰랑찰랑한 종소리가
어두운 틈을 타고
내 귓가를 맴돌았습니다.

사랑이란 그 말을
입에 담기 두려워
입을 꾸욱 다물었습니다.
누군가 훔쳐갈 것 같은
가슴 요란스러운 밤
그를 생각하며 몇 번이나
시집의 접힌 책장처럼
몸을 움츠렸지만
밤은 쉽게
지나가지 않았습니다.

나는
그리움에 목 언저리가 칼칼한
사랑이란 몹쓸 병에 걸렸다는 것을
그때 처음 알았습니다.
누군가 때문에
내가 요동칠 수 있다는 것을

그리움을 가슴에 묻는 다는 것이
얼마나 가혹한 것인지…
뒤늦게 알게 되기까지

전쟁 난 듯
활 활 타오르던
아련한 기억의 한 모퉁이를
눈물로 젖게 만들던
사랑이라는 그 이상한 마음속 소문들은
시간이 지나도
쉽게 잠잠해지지 않았습니다.

나의 마음은
날마다 들썩였습니다.
화끈거리는
마음의 통증을 안 것도
아마 그때였을 겁니다.

사랑은 그렇게 나를
빠르게 훑고
도망치듯 가버렸습니다.
기억을 잡으려는
나의 손잔등이
유난히 아파올 때 쯤

사랑을 애원하는 내 손짓이
앙상해질 때 쯤

나는 저만치
훌쩍
커버린 뒤였습니다.

우리의 사랑이 비록 사랑이 아닐지라도

우리의 사랑이
비록 사랑이 아닐지라도
문득 이제는 괜찮다는 생각이
울컥 들었다.

다만 섬광처럼 반짝인
한순간 일지라도
그대가 내 삶을 따뜻하게 데워준
한웅큼의 온기였다는 것만으로
가슴 지리는 애틋함은
비록 없을지라도
허기진 시간들을 든든하게 채워주던
기름진 그대의 미소와
마주한 것만으로도

나는 내 지난 사랑이란 이름에
그 모든 화사한 날들에 수긍하듯

고개를 끄덕일 수 있을 것 같다.
이제는 …
고마웠다는 수줍은 찬사들을
분꽃처럼 멀리 멀리 보낼 수 있다.

아득히 퇴장한
나의 사랑들에게 …
아프게 흩날리던
푸른 이별들에게 …

황홀한 순례

모든
사랑으로 가는 길은 순례의 길이다.
눈을 찌르는 아픔이
눈물이 되고 재가 될 때까지
나는 그대라는 십자가를 지고 있을 테지
마음 속 골고다
결석 없이 이어져 온
그 많은 칠흑 같은 밤은
그대가 나에게 던진 어둠이다.

나는 그대를 부를 수 없었다.
수술의 혀를 삼키는
날개달린 벌레처럼
내 혀를 접어
질겅질겅 씹는 수밖에……
그렇게 나를 넘기면서
소화되지 않은 나를 위장 속에
묻어두고

뒤틀리면서
뒤틀리면서
그대를 사랑했다.

너라는 십자가
그 황홀한 순례의 길가에서

슬픈 연가(戀歌)

나의 영혼이 흔들린다.
조금씩
그대 쪽으로

인생의 비탈길을 만난 것처럼
나의 걸음은 위태롭다.
그대,
내 영혼의 순행(順行)을 가로막는
아름다운 걸림돌

나 그대를
결코 넘지 못하리라는 것을 안다.

하늘에 둥지를 틀던 나의 언어가
조금씩 흘러내린다.
그대를 향해

그대를 포함시키지 않은
나의 말은
나를 쉽게 거짓말쟁이로 만든다.
나는 그대를 통과하고 나서야
비로소 내가 된다.

여기
마지막 식지 않은
내 가슴의 차 한 잔
그대를 위해 남겨놓았다.
훌…… 훌……
마시고 가라

우리들 인생의 통과절차는
멀고 아득하므로 ……

우리는 그때

우리는 그때 몰랐다.
언제나 우리는 먼 곳만을 주시 할 줄 알았다.

밝고
명료하고
훈훈한 입김 같은 사랑은
아주 먼 곳에 있다고 …

너를 거치고 나면
그때
너라는 이름의
몇 개의 산을 넘기면
그때 비로소

이별과도 같은 짙은 노을에 잠시
어깨를 기대고 서면
이상하게도
너와 함께 했던

퇴색된 시간과
덧난 상처들이
내 시야를 가려

어쩌면
사랑은 먼 곳에 있는 것이
아닐지도 모른다고
어쩌면 이미 그것을
밟고 지나왔는지 모른다고

내 인생
아무것도 아닐 수 있는
그곳으로 성큼 들어와
나지막하게 허리 굽혀
나의 계단이 되어준
너라는 그 낮은 산

나의 사랑은
이제 너라는 그 낮은 산에서
풀꽃보다 달게
잠들 수 있음을 알게 되었다.

또 다른 어느 날 문득

또 다른 어느 날 문득
이런 생각이 들었습니다.
아무것도 아닌 내마음속에
그대가 성큼 들어선 것은 아닌지 …
문득 많은 것들이 안타깝게 느껴졌습니다.
왜 그때 길게 뻗은 손가락을
다정하게 움켜주지 못했을까
왜 그때 어깨한번 힘내라고
토닥여주지 못했을까
향내 나는 치약 냄새 배어있던 그 입가에
좀 더 다가서지 못했을까.
모든 것이 아득히 지나갔지만
다 지나간 것은 아니라고
헛된 욕심을 부려봅니다.
문득 그대의 생각에
새벽 미명에 선잠을 깨는
나를 두려워합니다.

시간이 쓰다듬어주어야 나을 수 있는
이 몹쓸 열병이

오늘도 나를 괴롭힙니다.
모든 것이 아득히 지나갔지만
내 시간 속에 드문드문 꽂혀
애틋하게 펄럭이는 추억의 시간들은
괜찮다고… 괜찮다고… 말합니다.

어느 날 문득
그대가 가슴 저리게
아프게 느껴집니다.
어느 날 문득
그렇게…

상처

그대를 지운 자리에는
검은 재만이 남았다.
추억은 다만
창백한 미소 같은 것이었다.
마지막 남은
잉크 한 방울처럼 안타까운 그 무엇이
내 안을 빠져나갔다.
언제나 쓰다만 편지의 주인공처럼
…………………………………………

상처는 상처일 뿐
그 무엇으로도 씻을 수 없다.
상처의 허물을 벗는 것
인생이란
상처라는 거름으로 자라나는
이름 없는 꽃이다.
영혼 깊숙이 쏘아올린
뿌리,

점점이 스며있는 것은
함께 걸었던
한웅큼의 길.
사람은 사람이 되기 위해
몇 개의 사랑을 벗는다.
벗겨도
벗겨도
속을 보이지 않는 양파처럼

그것이 상처인줄 알면서 …
그것이 제 허물인줄
뻔히 알면서 …

또다시
우연한 아픔을 열어놓는다.

한 줌의 흙

그대를 사랑한다는 말은 이제
시간의 무덤 앞에 뿌려진
한 줌의 흙이 되었다.
사랑은 알고 보면
그 흙 한 줌을 위한
번뇌의 잔치였구나.

아픔의 끝에서 나는
내가 다 건널 수 없는
마음속, 아득한 모래사장을 본다.
검은 태양이
뜨고
지는
그 곳,
사랑의 묘지

신이 나에게
왜 한 줌 흙을 위해
그토록 수고하며 살았냐고 묻는다면
나는 말하리라
그것이 그대가 나에게 허락하신
쓴잔입니다.
죽음 앞에서 당신의 목마름을 채운
쓰디쓴 포도주처럼
나 삶의 허기를 위해
사랑,
그 한 줌의 흙을 삼켰나이다.

그 한 줌의 흙 위에
세찬 바람에도 쓰러지지 않을
그리움만
비석으로 세운 채 ……

호기심(k에게)

어느 순간부터
나는 더 이상 내가 궁금하지 않았다
미래는
'나'라는 권태의 잠언서를 읽는 것
익숙한 광고카피처럼
맹목을 강요당하는 나날은
늘… 푸석했다.

그대가 내게 온 후
나는 오랜만에
내 심장의 박동소리를 세어본다.
먼지에 쌓인 시집을 신기한 듯 집어 든다.
해묵은 사랑노래의
따뜻한 동조자가 되어본다.
햇살에 나의 얼굴을 가득밀고
미친 사람처럼 씨익 웃어본다.
때로
술잔에 떨어지던

내 눈물에 어린 물기

……

그 오래된 쓸쓸함에 놀라워한다.

그대가 문득 던져준

삶의 비밀코드를 풀기위해

나는 이제 매일

나를

궁금해 한다.

사랑의 은유(隱喩)

은유는
멀리 보는 언어적 힘이다.
바다 위 갈매기를 뜯어다
가슴에 묻으면 그 날개 짓이
하나의 울음이 되듯
깊고 아득한 곳에 호출신호를 보내는 일
사랑함으로 떠나보낸다는
애매한 말은 사실
사랑의 먼 곳까지 다가가 체득한
슬픈 은유다.
혹은 사랑함으로 잊었다는
그 무한한 거짓에도
잠시 쉬었다갈 간이역 같은
진실의 쉼표는 남아있다.
그러므로 은유는
사고(思考)의 여백이다.
사랑이 늘 채워지지 않는
허기의 진행형인 것처럼

너는 늘 그곳에 그렇게
아름답게 비어있다.
나는
너라는 괄호를
차마 메꿀 수 없다.
너라는
은유(隱喩)를

아직도

사랑

길을 걸을 때면 무수히 신음하는 꽃들이
내 발등아래 떨어져
가는 길을 열어주는 것만 같다.
걸음이 향기롭다.
또 나의 수줍은 눈빛을
누군가 빚어준 것은 아닐까하는 생각에
낯선 이들을 자꾸 쳐다보게 된다.
누군가가 나를 만들고 있다.
나는 홀로 힘으로 가꾸고 다듬어진 내가 아니라
누군가의 간절한 자양분을 발끝으로 끌어들여
나의 고귀한 시간으로 만개(滿開)시켜 놓았다.
또 나의 넘치는 입김을 받아 또 다른 새 생명이
고르게 숨을 쉴 수 있게 될 것이다.
우리는 어지러운 실타래로 엉켜있지만
그러나 나는 그것이
사랑인 것만 같다. 꼭 그럴 것만 같다.
나는 길을 걸으며
왠지 내 발걸음이 뜨겁다는 것을 느낀다.
이제 빨리 집에 가봐야겠다.
그곳에 나를 기다리는 애처로운 눈들이 있으니

봄날… 그리고 어머니

어머니 따스한 손길에
TV보며 호사하던 꽃들들
몸 털며 제자리로 가던 날
빛살이 너울너울 들어오고
바람이 꽃씨들을 물어다주는
베란다 어느 근처,
햇빛은
은밀한 神의 방문처럼
키 작은 새순의 얼굴을 일으키고
덧난 시간의 상처를 어루만지고 있었다.

눈 많던 지난 해
가지가 차가와선
좋은 꽃을 못 낸다며
꺾여진 그 마지막 하나 남김없이
알뜰하게 살려두신
어머니 손길 못 잊어
못 잊어

꽃들은 뜨거운 향기
사랑의 내력(來歷)을 가슴에 품고
그리 무던히도
고집스러웠는데
이제 날 풀리고
박제된 시간 지나가니
선지자를 세상에 내보내는
신의 그 간절한 마음으로
그 꽃들 옮겨놓는 어머니 손목엔

잔챙이 같은 흔들림이
그리운 듯 자욱하다.

어떤 눈물

-나의 어머니께-

따뜻한 악수 같은 눈발이
오래된 숲의 정적을 어루만지며
영화는 끝난다.
사랑이 아니라면 그 무엇이
저 눈발처럼
우리를 순결하게 빛나게 만들 수 있을까
잠시 내 눈가에 머무르는 눈물을
그러므로 가증이다
어머니는 평생 이 눈물을
가슴에 묻고 사셨는지도 모른다.
뎃살처럼 잘라도 다시 돋는
그런 사랑이 있다는 것을
어머니는 알고 계셨다.

여물지 못한 과즙 같은
나의 물기어린
청춘의 방황과 소요에 대해

어머니는 말씀하셨다.
"하나님이 너에게 넓은 울타리를 주셨구나."
나는 다만 그 울타리 안에서
나의 어색하고 과장된
삶의 제스추어(gesture)에
스스로 취해있는 것이라고 말씀하시며
잠시 짓는
그 희미한 미소 속에서
나는 언뜻
무한한 눈물의 강을 본 것 같다.

덧살처럼 돋는 사랑이
있다는 것을 아는 자만이
건널 수 있는
그 강을
자식은 결코 근접할 수 없는
저 애처롭고 숭고한
탄식의 강을…

아버지의 그늘

-아버지께 바치는 헌시-

터무니없이
좁아진 어깨였습니다.
깎인 산허리처럼 비스듬히
쓰러져가는 그 어깨를
왜 미처 보지 못 했을까요
세월이 훑고 지나간
앙상해진 어깨 위로
촘촘했던 머릿결은 어느덧
슬픈 바람이 들락날락 할만치
드넓게 비어 있었습니다.

당신이 당신을 비워가는 사이
나는 나를 조금씩
채워가고 있었는지 몰랐습니다.
내 나날을 견고하게 만들기 위해
당신이 주체 없이
모래시계처럼

무너지고 있는지도 몰랐습니다.
마른 어깨 위로
시간은 넓다 넓은 그늘을
만들어가지만
당신을 아버지라 부르고
눈물이라 읽습니다.
안타까움이라 되 내어 봅니다.

아버지
제발
오래 오래 버텨주세요.
오래 오래 살아주세요.
사랑하는
나의 아버지 …

내 착한 동생

다 죽어가는 아픈 형
기어코 살려보겠다고
사방으로 분주히 뛰었다.
나는 어느덧 바쁜 동생
시간을 갉아먹는
나쁜 형이 되었지만
우리는 엄연한 가족이었다.
내 착한 동생…
지극히 현실적인 동생과
지극히 몽상가적인 형이었지만
가족이라는 이름으로 우리는
똘똘 뭉칠 수 있었다.

내 남은
삶의 몇 마디는
동생이 지어준 형제애의 멜로디다.
나를 살리기 위해 애써준
동생의 노력에

화답하기 위해서라도
나는 내 삶의 헝클어진 끈을
단단히 쥐어야만 한다.
결코 끊어질 수 없는
형과 아우의 끈끈한 인연처럼
나는 보란 듯이
질기게
강해져야만 한다.

내 사랑스러운 조카들 그리고 제수씨

밤톨 같던 아이들이…
아장아장 걷던 아이들이…
어느새 무르익어
어엿한 숙녀가 되었다.
장녀로서 동생들 잘 챙겨주고 한복 잘 만드는 지은이
큰아빠보다 한 뼘이나 훌쩍 큰 모델 포스 내는 다은이
큰아빠가 낯설어 곧 잘 고개를 숙이던
수줍음 많은 하은이
모두들 시간이 만개하듯
꽃으로 피었다.
활짝 피었다.

조카들이 꽃으로 피는 동안
제수씨는 조금씩…아주 조금씩…
저물어갔다.
젊고 고운 얼굴 저 너머
명절음식 챙기느라 잦아든 주름살이
안개처럼 희미하게 언뜻 비켜가고

손마디에 맺은 굳은살은
우리 가족이 제수씨에게 준
서글픈 훈장 같은 것이었다.

한 시대가 들뜬 모습으로 다가올 때
또 한 시대는 조용히 담담하게
물러서는 법을 배우지만

그대들이 내가 힘들 때
토닥이며 위로해 주어서
나는 조금이나마 든든할 수 있었고
그대들과 함께 했던 나날로 인해
누추한 내 삶이 잠시나마
화사하게 빛날 수 있었다.

고마워요…진심…
그대들
내 곁에 한결같이
머물러 주어서
벅차게 위로해 주어서…

4부

어떤 아픔에 대한 보고서

호포역에서

고기비늘같이 차갑게 반짝이는 물살을 바라본다.
지금 나는 살아있는 것이 아니라
다만 견디고 있을 뿐이라는 것을 알면서
저 산 너머 성큼 성큼 걸어 들어오는
한 무더기의 붉고 화사한 노을빛 …
내 끝없는 추락을 애처롭게 쓰다듬는다.

내 안에서 분별없이 웃자란 그놈들 때문에
나는 비 맞은 잡풀처럼
털썩 주저앉았지 …
나 자신도 잘 이해하지 못하는 고통의 순간들을
사람들은 제 것 인양
함부로 위로해주었지 …
늘 썰물처럼 빠져나갔던 격려의 말들 …
내 숨죽인 고독의 그늘 속에는
한순간도 함께 머물지 못했으면서 …
나 스스로조차도 무겁고 난해한 그 시간들은
파랗게 질린 안색으로 나를 괴롭혔지 …

어쩌면 이 쓸쓸한 노래는 결코
쉽게 끝나지 않을지도 모른다.
늘 한결같이 찾아오는 노을처럼
반짝 웃는 저 강물처럼
잊은 듯 희미하게
내 마음의 언저리에서
언제까지나 맴돌 것이다.
잡힐 듯 잡히지 않는
속절없는
사랑처럼 …

나는 더 이상 나를 미워하지 않는다.

광안리에서

멀리서 달려드는
비릿한 바람내음이
문득 아릿하다.

떼쓰는 아이처럼
소란스러운 파도소리 …
살아달라고 …
살아달라고 …
아우성치는 푸른 비명소리 …
……………………
나를 몇 번이나 울리는 …
……………………
뒤돌아오는 등 뒤에서
들썩이는 파도는
서늘하게 나를 밀지만
모래사장, 움푹 파인
움집 같은 내 발자국은
문득 희망을 닮은 것도 같다.

여전히 바람은 시리지만
삶은 그런대로
바다너머 저무는
붉게 상기된 노을처럼
한 끗 따뜻하기에 …

나 …
이제 …
조심스럽게 …
젖은 눈물을 말린다.

시선

이해를 바랬던 것은 아니었다.
용서를 구한 것은 더더욱 아니었다.
그저 저 속살 깊은 햇살처럼
그저 담담히 나를 응사해주기를…

때가되면
내 가슴 속에 허우적거리며 떠다니는
고독의 음침한 향기를 맡아주기를…
때가 되면
내가 저질러놓은 사랑들이
저 홀로 항변해주기를…
때가되면
나를 구석진 곳으로 몰고 가는
비난의 화살 과녁에서
한 발짝 물러나주기를…

나는 바라고
또 바랐을 뿐…

누군가를 안다고 믿는 순간
그대가
그 믿음의 배신자가 될 수 있음을 …
그대도
나와 같은 헐벗은 죄인임을
알게 되기까지 …

나는
나를 …
나지막한 자세로
담담히 응시할 뿐이다.

어떤 길에 대하여

지금 나는 어디로 가고 있는지 모르겠다.
지금 내가 어디쯤 머무르는지도 모르겠다.
어쩌면 처음부터
길 같은 것은 없었는지도 모른다.
아니
어쩌면 내가 나임이
하나의 길인지도 모른다.
길은 있고
또 없다.
때로 길은
멀고 아득하다.

길은
지나가고 나서야
비로소 길이 된다.

슬픔을 읽다

화사하게 눈부셨던 그대가
빛바랜 일기장처럼
어느덧 낡은 그대가 되기까지 …
내 안에서 유일했던 그대가
수많은 익명의 한사람이 되기까지
구슬픈 바람처럼
그대가 내 안에서
훠이 훠이 손 저어 …
떠나는 모습을 보기까지 …

오늘 나는 문득
사랑이라 쓰고
아픔이라 읽는다.

아물지 못한
덧난 상처들은
언젠가는 단단히
제자리를 메꾸어가지만

우리는 모두
사랑에 대해서는
늘 언제나
한결같이
나쁜 사람인지도 모르기에 …

하루에도
나는 몇 번씩 무너진다

하루에도 나의 마음은
몇 번씩 무너진다.
지팡이를 의지한 내 어정쩡한 자태를
이상한 듯 기웃거리는 눈빛들…
빠진 이사이로
휑하게 빠져나가는
거칠고 어눌한 발음들 사이…
나 자신조차 이제 낯선 나는
뜻밖의 고독에 익숙해져간다.

나의 마음은 하루에도 몇 번씩
무너지지만
그러나 나는 어느덧
몇 번씩 일어서기도 한다.
혈색 좋은 젊음처럼
나는 또 다른 의미에서
자라나고 있다.

내 은밀하고 비밀스러운 성장을
사람들은 눈치 채고 있을까…
슬픔의 비등점 위에서 비로소
들불처럼 점점이 번져가는
내 환한 희망의 민낯을…
나의 낮은 아직 견고하며
나의 밤은
아직 꿈으로 가득 차 있음을…

그러므로 나는 앞으로도
몇 번씩 무너짐을 거부하지 않을 것이다.
넘어진 자만이
일어나는 기쁨을 알기에…
넘어질 바에야 보란 듯이
힘차게 넘어질 것이다.

언제나 나는 나를 넘지 못 한다

결국엔
언제나 나는 나를 넘지 못하는 것이다.
멀리 나에게서 도망갔다고 생각했지만
어느덧 나는 나를 맴돌고 있고
나를 극복하려했지만
언제나 나는 나의 앞에 무릎 꿇고 있었다.
그러므로 나는 나의 주인이며
동시에 종이다.

욕망을 삶으로 지불한
나의 뒤안길엔
나의 사랑,
나의 이별
나의 상처
나의 고뇌가 하얗게
눈부시게 즐비하다.

진정한 용기는
자기 자신과 정면으로
마주치는 일이다.
심하게 훼손된 자신의 치부들과
은밀히 밀회하는 것이다.
깊은 내면에 손을 집어넣어
한웅큼 잡히는
헝클어진 고독을 움켜지는
바로 그 일이다.
나는 언제나 나에게서 도망가는
도망자이며
나를 맹렬히 쫓는 추격자이다.

그러므로 나는 거대한
또 하나의 미궁이다.

단상 2(短想)

꼭
어딘가에 닿아야만 하는 것은 아닌지도 모른다.
무심히 지나친 순간에도
어떠한 종류의 의미는 있었는지는 모른다.
절대적인 것들이
무참히 나를 배신할 때에도
믿었던 의미들이 나에게 등을 돌릴 때에도
불같은 사랑이
한줌 재로 흩어질 때에도
빈틈사이로 비집고 들어오는
뜻밖의 햇살의 눈부심으로 인해
조금은
따뜻한 것인지도 모른다.
……
……
우리는 삶을 속을 수 있어도
삶은 우리를 속이지 않는다.

5부

사회,
문화적 고찰

또 다른
Jazz를 위해

폭풍전야를 연상시키듯
연주자는 잠시 호흡을 가다듬는다.
갑충처럼 잔뜩 웅크린 그의 옆모습에서
나는 이 시대가 잃어버린 투사의 모습을 발견한다.
그의 무기는 사람들을 동요시키는 것
한차례 이 게으른 어둠을 술렁이게 하는 것
나긋나긋하고 예민해보이던 그의 손가락에서
재생된 어떤 종류의 우울은
나의 우울과 너무나 닮아있다.
기억할 수는 없지만,
저 흔들리는 타건처럼
내 마음이 움직이던 때가 있었다.
그것은 다만 젊음 속에 불편하게 장치된
호르몬 때문만은 아니었을 것이다.
마치 땅 기슭을 핥는 소나기처럼, 나는
내 삶의 환부 혹은 환희 속으로
깊이 침투하고 싶었다.

운명의 게릴라가 되고 싶었다. 그러나

저 재즈리스트의 도발적인 화성처럼
질서를 무안하게 만드는 엄숙한 혼란이
내 미소를 저지시켰다.
생각해보면 내 인생에도 몇 개의 악보가 있었다.
찢어진 악장사이로
몇 개의 사랑이 몇 개의 이별이
AD-LIB과 RUBATO를 동반하며
저 혈기왕성한 음의 질주가 되어
어딘가에 닿고 싶어 했다.
그곳은 빛이 넉넉한 소리의 우물 앞
아마 야곱도 그 우물물을 마셨으리라.
별 몇 개가 힘겹게 달라붙어 있는 하늘로
물이 물방울이 올라가는 것을 나는 본다.
하나도 남김없이
깨끗하게

저돌적인
ALLEGRO의 몸짓으로

재즈광

취한 그의 눈동자는
지독하게 헝클어져 있었다.
사나운 사자가 할퀴고 지나간 눈자위처럼
언제나
한 번도 매듭지어 본적 없는 표정으로
어쩌다 재즈광이 되어버린 그는
여분으로 남은 탁자의 귀퉁이에 은거지를 마련했다.
산란한 어둠의 빈틈을 이용해
분열직전의 음들이
갱스터의 탄환처럼
어이없고 부조리한 줄거리에 의해
그의 가슴에 곧잘 박혔다.
돌을 던진 건 언제나 나였다고……
술에 감긴 그의 목소리는 그러나
빈틈없이 진행되는 스케일에 의해
사소하게 지워진다.
하지만 모를 일이야.
모든 일들이 불협화음처럼 되어버린 것은

시끄러워……
볼륨을 낮춰주겠어?… 부탁이야……
재즈역사에서 가장 자의식이 강했던
연주자는 찰리파커였다.
가슴에 헤로인을 직접 주입하면
그런 포효가 가능할지도 모른다.
노예의 근성에서 비롯된 재즈를
도시가 도입했다는 것엔 어딘지
석연치 않은 구석이 있다.
그는 몸을 기울이지 않았지만
창 밖 성대한 빌딩들이 마구 흔들려 보인다.
할렘가 뒤 쪽에서 마약에 찌들다 간
빌리홀리데이의 노래가 나올 때면
그의 가슴 가장자리의 별들이
무더기로 뜯어져나갔다.

Jazz 3

-MILES DAVIS의 SO WHAT에 바치다-

검은 숨소리를 들어보았는가
저기 어둠을 뒤집어쓴 것 같은
흑인의
40촉 전구알을 닮은
위태롭고 투명한
소리의 질주
혹은 좌절 ……

사람은 이해할 수 있는 부분보다
이해할 수 없는 부분에 의해
사람이 되는 것이라고
말하는 것 같다.
꽃들이 저무는 자리처럼
서글프고도 촘촘한
소리의 이음새 사이,

모른다 …… 모른다 ……
아무 것도 모른다 ……
단지 生이 끝나는 날까지
멜로디는 멈추지 않는다. 라고
읊는
궤변의 트럼펫주자가
닦아내는
40촉 밝기의
전구알 같은 삶

야유와 찬사는
나-아-중으로 미룰 일이다.
안개처럼 뱉어버린
검은 숨소리
삶은 결코
그 불협의 멜로디를 끝내지 않을 테니까 …

Jazz 4

-brad mehldau를 들으며-

사랑할 때
그곳엔
사랑만 있고
이유는 없다.

연주자는
신의 간이역이다.
사랑하고
저항하고
찌르고
아파하고
어느덧
제 스스로 곪아
상처가 된다.
주님 이 세상에 오셔서
내가 질 것
다 지고 가셨듯

연주자는 슬픔을 독차지한다.
감정의 파시스트
음의 무법지 같은 그 곳
신이 지나간 자리에
진정한 고통의 먼지가 인다.

사랑만 있고
이유는 없는
그곳에서
음들은 비로소 몸을 연다.
미로 같은 슬픔이 도열한
그 신의 골고다 언덕 같은
연주자의 손목사이에서
애처롭게 벗겨지는 ……

피아노가 머무르는 풍경

나지막한 보폭으로
다가오는 쇼팽의
산뜻한 발걸음
사뿐 사뿐
엉겨 오르는 소리들 사이
너머
아득하게 펼쳐진 광야가 있다.
사랑이라는 드넓은 광야
우리는 몹시도 외로웠고
그 외로움을 견디기 위해
격하게 사랑해야했던 것을
쇼팽은 말해주는 듯하다.

이별의 잔여물처럼
내 가슴의 그리움이
저 홀로 지쳐갈 때
슈베르트의 fantasy는
또 다른 의미의

위로가 되기도 한다.
떠나 보내야하는 것을
애써 붙잡지 않는 사랑의 루바토
음의 밀고 당김에 이유가 있듯
사랑이 오고가는 길목에선
늘 어떤 종류의 잔향이
남아있기도 한다.
사랑의 잔향 그 깊은 내음에
취할 때로 취해
엉 엉 울고 나면
베토벤 소나타 비창2악장으로
헝클어진 마음을 정리 한다.

사랑은 열광이라고도 하지만
때로 그것 그대로
가만히 응시하는
따뜻한 시선이기도하다.
사랑은 대부분
요란하게 들썩이지만
때로 죽은 듯 잠잠한 것 이기도하다.

사랑은 대부분 호들갑스럽지만
때로 누군가를 뒤따르는
묵묵한 반걸음 같은 것이라고
라흐마니노프 vocalise는
말해주는 것 같다.
사랑할 때
비로소 우리는
참된 감상자가 될 수 있다.
음과 음 사이에
깊게 흩날리는 쉼표의 의미를
납득할 수 있다.

저기 저 너머
음악소리가 들린다.

새로운 사랑이
오고 있다…

나의 왼발

-영화 나의 왼발을 보고-

그는 왼발로 레코드를 찾아 틀었다.
오트밀 빵들이 그의 발아래에선
자갈처럼 단단한 자세가 되기도 한다.
결코 부서지지 않을 것 같은
그러나 부서져야만 하는

티스푼들이 사납게 고개를 쳐든 것도
그의 서툰 왼발 때문이다.
그의 발은 부드럽게 꺾이지 않는다.
기껏 골반이 마주치는 소리가 나고서야
그는 힘겹게 일어설 수 있다.

그러나 그는 그 발을 들었으며
때로 푸성귀처럼 자라나는 가슴의 환부를
점잖게 쓸어 넘겼는지도 모른다.
그의 통증은 왼발에 고여 있어서
그가 열정적이고 진지할수록

왼발은 동요 받으며 흔들렸다.
지금

그의 왼발이 없는 그를
나는 믿을 수 없게 되었다.
하나의 겨처럼
그가 흩날리지 않고 남은 것은
그를 채찍질하고 고문하던
그 엉성하고 못난
왼발이라는 사실이

거적만 남은 나의 왼발을
팽팽하게 긴장시킨다.

부에노스 아이레스

-영화 happy together를 보고-

운명이라는 슬픈 계시에 맞추어
두 남자는 탱고를 춘다.
그들 허리춤 어디엔 가에 깊이 각인된
이별의 매무새를 어루만지며
그들은 발굽에 스민 탱고를 음미한다.
탱고가 상처를 읽는 리듬이라는 것을
그때 뒤늦게 알게 되기까지

문득, 사랑은 이상한 모습으로
그들 가슴 표면에 떠오르기도 한다.
눈부심 때문인지 심연 때문인지
그들 가슴 차양에 비친 사랑은
난해한 음유 시처럼
자주 굴절되고 훼손된다.
젊음이 기쁨과 슬픔의 짧은 경련이 되어
그들 오만한 밤을 어지럽히는 그때

그러나
눈물이 별들이 가는 길을 터주는
그 곳,
이구아수 폭포에 서면 모든 것을 알게 되리라.
장엄함 물줄기 찾아 떠나왔지만
아… 내 인생이
그 물줄기의 통로였음을 알고
잠시 경악하게 되는 그 순간

삶이
사랑이
이해할 수 없는 이별의 애드립이
내 귀를
환하게 씻기고 있음을…

그날 바다를 보고

우리는 알고 싶은 것만을
알려고 할 뿐이다.
우리는 보고 싶은 것만을
보려고 할 뿐이다.
사실 우리는
진실을 알고 싶은 것이 아니다.
다만 알고 있다고
믿고 싶을 뿐이다.
나의 무관심이
나의 게으름이
나의 방임이
진실을 저 먼 곳에서
웅크리고 떨게 만드는 것이다.
그러므로 진실은
늘 외롭다.
인적 드문 외딴섬처럼
시야에서 벗어나있는 외곽에서
진실은 부끄러운 자신의 나신을

비로소 드러낸다.
저 먼 바다너머에서
아이들이
생떼 같은 아이들이
진실에 가려
출렁출렁 울고 있다…

underground

4개의 손가락으로 '즉흥환상곡'을 치는 소녀.
아마도 신은 즉흥적으로
4개의 손가락만을 그녀에게 선물했을 것이다.
그것을 견디게 하는 아름다운 마음까지 동봉해서
세상엔 4개의 손가락으로 치는
피아노 소리도 존재해야하니까
신은 엄지손가락을 치켜세웠을 것이다.
멋져 … 그거야 ……

20년 동안 우물만을 판 노인
우물은 노인의 두터운 주름처럼
깊게 입을 벌리고 있었다.
그 입속으로 노인의 20년이
아무 저항 없이 타들어갔다.
우물 속에 자리 잡은 새까만 어둠은
노인이 세상에 내놓은 마지막 카드였다.
아무도 궁금해 하지 않는 카드
그러나 노인은 웃고 있었다.

생의 비밀을 아는 사람처럼
사막 속, 신기루 같은 미소가
그의 입가에 맴돌았다.
우리는 어리석게도
깊고 어두운 곳을 지나치려한다.
때로 아무도 건드리지 않는 길을
툭 툭 차보기도 한다.
그토록 거절했던 고독이
슬며시 악수를 청하고
두려움이 증폭되는 그곳
그러나 그곳에서
인생은 비로소 발효되기도 한다.

그대, 어서
깊고 어두운
낯선 그곳에
클릭(CLICK)하라.

아웃사이더(outsider)

아침, 불현듯
그는 자신이 달라진 것을 본다.
망가진 폐부와 폐벽 사이에
누렇게 들떠있는
가십과 스캔들…
그는 다시는 이런 식으로
낡은 가구처럼 아무렇게나
시달리고 싶지 않다고 생각한다.
약속을 늦었다고 투덜대는 그대는
왜 그날따라 그토록 작게
압축되어져 보였을까
신세대의 미소는 그 간결함에 있다지만
무엇인가 터무니없는 것이
그대의 몸을 빠져나간 것 같다.
곧잘 그대는 그의 얼굴을 쓰다듬으며 말한다.
귀. 여. 운. 몽. 상. 가.
그는 쓰다듬기에는 적당한 부피의 소유자.
그러나 밤이 되면 이상하게도

그는 도망자를 뒤쫓는 그를 발견하다.
냄새만 피우고 도망간 모든 죽은 자들
추적하라 그들의 채취를
어느 날 그는 그대를 가만히 쳐다보며 생각한다.
나는 최종적으로 낮에만 너의 것이라고
밤이 되면 나는 다만 유례없는 음모의 주동자.
세상을 일으키고 다시 세우는 자.
시편 저 밖에서 구슬프게 우는 자.
옷 깃를 매만지기에 열심인 너는
결코 나를 어루만질 수 없을 거야.
결코
그는 이제 아무도 동반자라는 자들을
믿지 못하게 되었다.
모든 것은 자신을 주체하기 위한
조출한 통과의례임을
또다시 밤이 되면 불현듯
눈물은 그를 거둘 것이지만…
그는 그렇게 남기로 결심한다.

강남역 근처에서

어디선가 50원짜리 동전 같은
사랑 노래가 흘러나왔다.
이별 노래였는지도 모른다.
이별하기 위해 사람들은 사랑을 한다.
어쩌면

가수는 사랑의 전도사답게
평생 답습해야할 사랑과 이별을
1년 만에 해치웠다. 사랑의 예습을 마치듯
허탈에 빠진 그의 노래는 이제 내게
일종의 주문 같다.
나는 잠시 현기증을 일으킨다.

배추이파리같이 희고 싱싱한 미소의
연인들이 급류처럼 내 곁을 떠내려간다.
사랑이 이데아가 되어버린 곳
나는 길을 잃은 사람처럼 당황한다.
조율사가 되어

사랑을 점검하는 그들은
몸매와 취향과 매너와 희생정신을
측정하며
그것을 친밀감이라고 부르리라.
당신은 내 꿈에 가장 가까워요.
꿈의 교환은 얼마나 치밀하게
아름다움을 가장 하는가.

말끔하게 햇빛으로 씻어 올린
여름 오후, 누군가 내게 기밀문서를 건네듯
네모반듯한 신용대출증을 꽉 쥐어준다.
50% 염가할인을 빌미로
친밀감을 조장한
이 시대의 불결한 사랑.
'나를 애용해 주세요.'라고 재촉하는…

나는 마침 마주친 휴지통에
이 시대의 사생아 같은
불결한 사랑을 슬그머니 버린다.
아무도 이 준비된 이별을
알지 못하게 하기위해
치정극의 구설수에 오르지 않기 위해…
……………
나의 사랑은
아직 오지 않았다.

경고

나이 서른에
안타깝게 잃어버린 것은
고요다.

자신의 인생을 관통하는
바람 소리를
듣지 못하는 자는
아무것도 듣지 못하는 자라는 것을
알지만

저 전광판 속에서
허락 없이 쏟아지는
교양, 애교, 사랑을 덧입은
소리의 폭포들…
……………………

그러나

아무도 그대의 외로움이
치명적이라는
경고의 메시지를 남기지는 않는다.

사랑은 떠나간다.
잡지마라.
그대,
추억은 언젠가
너를 버릴 것이다.
깨우지 마라.

거울

이 도시는 필경 거울과 어울리며 큰 도시
모든 기름진 머리의 청년들은 거울의 결사대이다.
거울 앞에서
그토록 눈부신 자기검열이 행해지는
순간,
나는 좀 다른 나를 본다.

열 가락 남짓한 머리카락들이
검불처럼 수면 위를 나뒹구는 것을
아직 채 자라나지 않은 것들이
거짓말처럼 빠져있다.

세월은 내게 하나의 수난이다.
견디지 못하고 내 몸은 조금씩 붕괴한다.
이빨은 차곡히 정리되었고
귀는 너무 많이 들려 그게 탈이다.
내 몸의 새로운 방향은 이미 지나갔다.

마음을 깨끗이 다스리는 자는
시간을 다스린다지만
나는 아직 채워지지 않는
내 눈의 깊고 큰 동공 속에서
시간이 출렁이는 것을 본다.

영원히 해독되지 못할
내 영혼의 바다 위에
이해할 수 없는
그림자를 드리우고 지나가는
시간의 항해를…

그가 누구든
거울 속, 어디엔 가에
상실의 수평선 하나쯤은
지니고 산다는 것을
나는 안다.

대학로에서

-Lee와 함께 거닐던-

나는 그대에게 다만 option일지 모른다는
서글픈 생각을 하며
술기운에 농밀해진 얼굴을
어둠속으로 바짝 끌어당겼다.
그곳엔 어둠을 거침없이 재단하는
젊음, 무모한 에너지의 발산이
그 어둠을 거듭 삼키는
서울의 블랙홀이 길게 뻗어있었다.
내 추억을 겨냥한 듯한 몇 가지 슬픈 노래가
리퀘스트(REQUEST)되었고
그 슬픈 노래들은
들썩이는 내 과거속의 몇몇 인물들을
잠시 정돈시켰다.
풍월패에서 빠져 나온 징소리 하나가
내 기억의 촉수를 자극할 때쯤
나는 보았다.
젊음은 누구에게나 빈곤이라는 것을

어떠한 종류의 허기가
그 젊음 속에 귀신처럼 도사리고 채찍질하는 것을
위장 속으로 거칠게 소화되는 밥 한 끼처럼
젊은 친구 하나가
모터사이클 핸들에 얼굴을 바짝 붙이고
정신없이 어디론가 향해 달려간다.
세계의 종말을 자신이 지켜야한다는
그런 비장한 표정으로
그러나 그것은 젊음이 간직한
한때의 왕성한 식욕에 불과하다.
이 대학로에서 '포만'은
젊음의 정의에 위배되는 단어
다만 허기에 찬
어지러움,
새로운 것에 대한 게걸스러운 손짓
추억을 부르는
주문 같은 슬픈 노래만이 숭배될 뿐
빈혈에 걸린 젊음은 늘 그렇게
이 블랙홀 같은 거리에서
난해한 어둠을 흡입하며
견디어 나가는 것이다.

그리고
누군가는 쓴다

이 도시
네온의 불빛으로
사나운 어둠을 무절제하게 도금시키는
그곳에서
누군가 갑충처럼 등을 구부리고
퇴적층의 무거운 시를 쓴다.

언제나 그러하지 않았던가.
웃는 자 옆에는
그 웃음을 부각시키고 강조시키는
우는 자가 엑스트라처럼 존재하고
이 도시
시인의 말은 딱딱하게 부식된 빵이 되어
차가운 밤거리에 버려진다.

하지만 누가 알까.
절망으로 버무려진
재활용으로도 적당치 않은
그 시인의 안개 자욱한 언어들이
어느 날 문득
네온으로 도금된 이 도시의
터무니없는 가벼움을
한 몇 센티 쯤 들어 올릴지

그리고 누군가는 쓰게 된다.

자신의 사랑이
다만 자신의 것만은 아니었음을 알게 될 때
절망이 환희의 변주라는 것을 알게 될 때
그 안개 자욱한 언어들이
자신의 색깔을 입고
잠깐
그 사랑과 절망 앞에서 반짝이는 순간

어떤 술집에서부터 비롯된 낯선 기억

폐쇄공포증을 불러일으키는
좁은 공간이었다. 그 곳
아주 미세한 슬픔의 언어도
핀셋으로 집은 듯
선명하게 들려오는 그 곳
촉수(燭數)낮은 조명등속에
술기운으로 인해
둥글게 부풀어 오른 얼굴들이
밀집되어 보였다.

사랑이
고장 난 브레이크를 밟는 일이라는 것을
사람들은 아는 것일까
그러나 휘발유 같은 술은
그들의 외로움을 가동시킨다.
꺼질 줄 모르는 엔진
사랑을 기대하는 모진 심장 속으로

어떠한 종류의 질주가 시작된다.
그렇게 술 한 잔에 영혼이 갇히고 나면
사랑은 '공포'일지도 모른다는 생각을 하기도 한다.
한 두 달
'사랑'밖에 없는 삶을 살았던 적이 있다.
시간이 그런 식으로 지나가기도 한다.
놀랍게도
'사랑'밖에 없던 그 삶을
재현하고 싶다고 생각해본다.
나만의 무대를 갖고 싶다고 ……

그렇게 술 한 잔에 영혼이 갇히고 나면
그러한 무모한 나를
용서할 수 있을 것 같은 기분이 든다.
이 군살 없는 비좁은 술집
고독에 그을린 촉수 낮은 조명등이
먼지가 되어버린 내 추억들을
불현듯 환기 시킬 때

지하철에서

나는 그때 지하철에서, 뜬금없이
영혼에 대해 생각하고 있었다.
내 옆에 머리를 바리바리 물들인
소녀는 핸드폰으로
까마귀처럼 깔깔대며 웃는다.
허공중에 쏘아대는 덧니 같은 미소
10분이 지나서야 여자는 지쳤는지
전화를 끊었다.

37살이 되어서야
나는 글속의 행간을 볼 줄 알게 되었다.
존재를 향해 터져있는 깊고 음울한 터널
이 지하세계를 장악한 욕망처럼
어떠한 깊이가 나를 매혹시켰다. 때로
저 성경책 속의, 혹은 혁명가의 피로 물들인
시인의 눈물자국 묻은 잠언들은 다 어디로 갔나
궁금했다.
그것은 다만 휘발성이었나.

가슴점막에 분사된 탄환처럼
무질서하게 박힌
말들이 증발한 곳에
영혼은 뿌리 채 뽑혀 있곤 했다.

욕망과 가벼움에 대한
노골적인 찬사
뜻하지 않은 까마귀 떼처럼
공정하지 못한 계절이 오고 있었다.

나는 단순히 말을 걸고 싶었다.
그러나 나의 말은
쓸모없이 단단하게 굳어있었다.

나는 해동(解凍)을 꿈꾸었다.

도시라는 이름의 풍경 1

나는 가로등 너머의
저 나무를 알고 있다.
누군가 파종을 하고
애틋한 이름으로 서너 번 불러주고
버림받은 나무, 그러나
나무는 하늘을 향해 두 팔을 뻗고 있다.
마음을 다스리듯이
마지막 기도를 올리듯이
한줌 나무의 울음은 신의 울음이다.
콘크리트 외벽사이로
집요하게 파고드는 수액(樹液)의 몸짓은
세상에게 거절당한
신의 뒷모습.

인간만이 쓸쓸한 것은 아니다.
결코.

도시라는 이름의 풍경 2

그리고 그 나무 곁에 한 사내가 서있다.
비스듬히 허리를 꺾고
한대, 담배를 태워 무는
그림자마저 무력하게 쓰러져있는
그의 등위로 유일하게
연기들만이 살아서 올라간다.
더러 사위어가는 연기의 한 조각이
그의 목덜미를 깨물고 지나치지만
그는 미쳐 깨닫지 못한다.
고독으로 치닫는 자신의 성장 샘을
잔뜩 웅크린
자신의 수척한 어둠을
반납된 수많은 기도들을
외로움으로 푸석해진 몸을
누군가 툭 건드린다면
그는 기꺼이 무너질 수도 있다는 것을

그러나 문득 그는 깨닫게 된다.
그를 넘어뜨리는 것은 늘
자신의 욕망이었음을
저, 네온의 밝음 뒷면에
치밀하게 은폐된
추락을
광속 망처럼 빠르고 지나치기 쉬운 사랑을
그는 늘 너무 빨리 읽혔다는 것을

호환이 불가능한 진실은
이곳에 없었다.
신은 있으나
신의 법은 단호히 거절당했기에 ………

따뜻한 것들이 나를 가르친다.

무더위 속, 바람은 어느새 폐업중이다.
회초리 같은 빛살이
권태에 빠진 듯, 더욱 폭력적이던 거리.

칭얼대는 법도 아직 터득하지 못한
애를 하나 등에 업고
성전을 쌓듯 동전을 찬찬히 쌓아올리던
여자, 그녀는 옥수수를 팔고 있다.
그녀의 옥수수는
햇빛에 닿을 때 마다
사랑니처럼 눈물겹게 웃는다.

여자가 쌓은 성전은 단지
한 뼘을 경계로 더 이상 진전이 없었다.
하늘이 끌어당겼더라도
결코 늘어나지 않았을
삶의 단단한 줄기.

무심코 지나칠 수 있었던
그 사소함의 무게가 그녀는 대견했는지
여자의 얼굴 어딘가에 잠복해있다.
동전을 다 쌓는 순간
그녀의 얼굴을 찢고 뛰쳐나오던
수수께끼같이 환한 미소
미소는 저금통에서 우르르 쏟아진
한줌의 동전처럼
날카로운 햇빛 속
신기루, 모래가 되어 반짝였다.

순간, 나는 울컥하는 마음에 등을 돌린다.
세상에는 이해할 수 없는 일들이
나를 가르치기도 한다.
사소한 일상의 날개 짓에 실린
보풀 같은 미소가
떠내려가는 어딘가에서 걷어 올린
살갑도록 따뜻한 것들이
나를 묵묵히 가르친다.

어느 지극히 평범한 날
-가상현실을 근거로 한-

1

폐렴 말기의 한 서정시인은 하늘을 보며 울었다.
별이 앓고 있다고…
흑백 부고 란에 실린 그의 모습은
그러나
전혀 그 같지 않았다.
기름진 몸에서 누군가 선혈을 죄다 빼어간 듯
그는 까맣게 거기 있었다.
플래시 때문인지 그의 눈자위가 불편하게
흡사 무덤처럼
내려 앉아 보였다.

2

오늘,

소화불량에 걸린 지하철은 그만 또 멎었다.

1000만 명의 순환장애에 대비하여

신문은 인공호흡을 하기 시작할 것이다.

복구처리… 다음에 꼬리표처럼 떨어져 나갈

몇몇 명단들… 수학공식처럼 맞물리는 세상 저 너머에

나를 해부하는 루트(root)가 있다.

0과 1사이를 왕복하는 디지털처럼

눈물이 오류를 일으키지 않는 한

나의 절망은 때로

터무니없이 소수화 되기도 한다.

3

더 이상 시달리고 싶지 않다고 생각한다.

욕망이 들끓는

위산 같은 도시

누군가 증폭시켜버린 가십 란 속에서

내 인생은 포르노처럼 급조된다.

내 인생은 욕망의 조루에 불과하다.

4

섹스보다 꿈꾸는 것이 더 황홀한
27세의 이 이상한 징후도
한번쯤 점검받아야 한다.
그대가 드문드문 내 허리 구릉과
사연 많은 성기에 머무르려 할 때마다
빠져나가는 꿈들을 단속이라도 하듯
그대의 손을 세차게 뿌리쳤다.
그대가 나에게 닿고 싶어 하는
그 곳이 어디인지 나도 알고 싶다.
콜레스트롤처럼 돋아나는
이 몹쓸 미움의 정체를 그녀는 결코 눈치 채지 못한다.

어쩌면 사랑이 아닐 수도 있다.

예술가와 종교인에 대한 명상

예술가는
끊임없는 질문을 던지는 사람이다.
삶의 틈새에 버짐처럼 번져가는
절망과 고뇌에 익숙하다.
반면 종교인은
삶의 명확한 답을 가진 사람이다.
버짐 같은 생채기들이
간절한 믿음과 기도로 씻은 듯 치유된다.

그러나 예술가와 종교인이
교감하는 지점도 있다.
사랑에 대해서다.
모든 기쁨과 아픔의 발화지점은
어김없이 사랑으로부터 온다.
사랑을 향해가는 묵묵한 발걸음
예술가와 종교인은
비로소 그곳에서 화해한다.

더욱 더 사랑할 수 없음에 눈물지으며
서로를 다독인다.
하여
우리의 열망은 닮아있다.
출생의 기원을 모르는 사생자처럼
헛헛한 곳을 향해
끊임없이 손을 내뻗는
그 애처로운 갈망의 몸짓들이
오롯이 닮아있다.
판박이다.

생명선언 1

-이산가족 찾기를 보며-

친자(親子)확인을 위해
노부부는
나이 따라 무덤덤해진 팔뚝을 내밀었다.
바늘 침 박으며 그들은 찔끔 눈을 감았다.
세월은 빠르다고…
누군가를 간절히 기다려보지 않은 자의 말일뿐

혈액은 그 사이에도 녹지 않고
세월의 강물이 되어
잃어버린 아들을
우뚝 솟아오른 바위로 심어놓았다.

피를 말리는 바람에도
쉽게 가라앉지 않는
아들 얼굴을 눈물로
키우며
키우며

추억 속에 바래진 어린 미소를
세월의 긴 손톱으로
쿡쿡
찍어 누르던 세월이
그들에겐 있었다.

그들
이 시대의 유랑(流浪)이
수태(受胎)한
주름 잡힌 노부부에겐
세월은
질기고 모진 채찍이었다.

그대
세월에 대해 함부로 말하지 말라.

생명선언 2

-거지와 노신사의 대립적 구도-

그는 대리석위에
압축되어졌다.
하늘은 거대한 하나의 프레스
오래전 그의 가슴에선
꿈들도 폐기처분되었다.
헐값에 팔려나간 청춘도 있었다.
그러나 잡을 수 없었다.
요컨대 힘이 문제였다.

쥐포처럼
납작하게 주저앉아
궁색하게 펼쳐놓은
수발위에
여름철 모기가
염치없이 덤벼든다.

감히 여기가 어디라고
그는 그렇게 말하듯
양팔을 드르륵 밀어낸다.
그가 유일하게 힘을 쓰는 순간이다.

댓진을 부비는
시선으로
재미있다는 듯 바라보는
노신사의 말쑥한 모자 밑

햇살이 미처 고발하지 못한
흡반 같은 눈초리.

이 세살을 지탱시키는
잔인함이라는 그 생경한
힘.
힘.

무엇이 진짜인가

-지하철에서-

모두들 고개를 사선으로 내리고
무언가에 빠져있다.
10명의 시선이 쫓는 10개의 세계
100명의 시선이 열광하는 100개의 세계

……

예전에는 나의 외로움을 무심코 훑고 가는
애매한 눈빛이 있었다.
더러는 갈망을 닮을 눈빛도
마주치고 당황했다.

하지만 이제 아무도 나를
그러한 방식으로 응시하지 않는다.
사람들은 다만 액정화면속의 세계만을
신뢰하기로 한 것 같다.
부드러운 터치에 전환되는
자기만의 은밀한 공간만이
유일한 밀회장소인 듯
모두들 누군가를 바라보고
생각하고 느끼는
그 친밀한 시선을 잃은 듯하다.

이 냉랭한 도시에서
누군가에게
자신의 우울의 사각지대를 노출시키며
진심어린 만남을 갖는 것은 흔하지 않다.
대화는 때로 염탐이 되기도 하고
위로는 때로 잘게 뿌려진
밑밥이 될 뿐 이라는 것을
예전에는 미처 몰랐다.
사실 그 누군가도 나를 진심으로
알려하지 않았음을 알았을 때에는
나는 이미 무언가를 움켜지기에는
너무 늙어버린
40대 후반이었다.

나는 지하철 속에
익명의 많은 사람들을 바라본다.
무심히 고개를 숙인 구부정한 몸짓의
그 안쓰러운 도시의 풍경들을

액정화면 속의 세계가 진짜일까.
액정을 바라보는
이 수많은 사람들이 진짜 알까.

묻고

또 물으며

나는 스르륵 눈을 감는다.

내 동공 속에 머무르는

차가운 어둠을 쓰다듬으며

그렇게 …

외롭게 …

외롭게 …

서울을 읽을 수 없다

-30년을 서울에 살았는데-

고흐의 그림처럼
이해받지 못하는 햇빛을 담은 채
젊음은 저물어 간다. 귀를 기울인 곳에
서글픈 뒷모습을 뒤로하고 달려가는
재즈의 리듬이 ……
만남은 늘 이상한 code를 짚고 있었다.

성욕에 가득 찬 사춘기 소년처럼
서울은 늘 붉게 상기되어있다.
오만하고 굴복을 모르는 단단한 눈빛
그러나 그대가 조금만 더 신중하게
다가간다면
아주 슬프고 부드러운
치즈 덩어리 같은
오래된 고독의 냄새를 맡을 수 있을 것이다.

욕망은 희석되지 않는
질(質)좋은 물감.
모세의 저주처럼
도시 어귀를 지나간다.
단련되지 않는 사람은
누구나 한번쯤 그 물감에 젖게 되고 마는

네온의 빛에 얼굴을 파묻고
한 번도 따뜻한 인생의 잣대로
자신의 눈금을 재어보지 못한 자의
어설픈 자유가
잠시 공포를 불러일으키는
이곳
서울을 읽을 수 없다.
문맹자처럼
해법(解法)을 찾지 못한 삶들은
결국 습작(習作)의 굴레에 갇힌다.

close up시킨 서울
죽은 새들의 천국.

세상의 민낯

-me too 운동을 보면서-

감추어져있던 얼굴이
서서히 드러난다.
수면 밑에 숨죽이던 욕망이
꿈틀대며
수면 위를 서슴없이 부유한다.
거짓들이 몸을 털고
자신의 검붉은 나신을 드러낸다.
그 처참한 노출에
세상은 어이없는 교성을 지른다.

속고 있음에
혹은 속이고 있음에…
자신이 경악하고 있는 것이
아직 들추어지지 않은
자신의 시퍼런 민낯일지 모른다는
음침한 두려움에
못내 비명을 지른다.

밤은 언제나 더디지만
어느 순간 모든 것을
들추어내는
이부자락 같은 햇살은
쏜살같이 다가온다.

그대가 그대의 민낯을
꾸 ㄱ 꾸 ㄱ
누르고 감추는 사이
아침은 보란 듯이
그대의 얼굴을 환하게 비춘다.
널려 나부끼는 죄들을
빳빳하게 말린다.

그대 이제
아침이 오고 있다.
그대가 두려워하는
바로 그 희멀건 아침이

성큼 성큼
성큼 성큼……

6부

젊은 날의 자화상

절대 고독

나의
고독은
나를 건설하고 있다.
아픈 못질로 뚝딱뚝딱
허술하지만 지붕도 달리고
제법 창도 열 수 있게끔

나는 그렇게 지어지고 있다.

어머니 자궁에서 나온 나는
다시 나를 부화시키기 시작했다.
(어머니 죄송합니다. 당신의 뜻을 어겼습니다.)
처음부터 예약된 일인 것처럼
시간의 뒷면을 탐색하면서
삶의 헐거움 그 틈새로 찾아든
지저귀는 새를 보았다.
영원히 추수(秋收)되지 못할
이삭 같은 사랑

입에 하나 문 그 새는
고독이었다.
언제나 나는
내 삶에 대한 궁극적인 오류(誤謬)
반갑지 않은 방문객이었지만
과분한 신의 찬사(讚辭)와도 같은
각혈(喀血)되어진 햇살 속에
우두커니 서 있을 때면

어둠을 너무 많이 끌어안고 있음으로
다만 무너지지 않았을 따름인
나를 발견한다.
고독의
생생한 못질로
다듬어지는
내 삶의 모서리들을

나는 그렇게 다시 지어지기 시작했다.

유년의 序

어린 시절 나는 무엇이든 매혹 당했었다.
아파트 계단을 밟으며 내려오던 피아노 소리와
밤의 파도에 곧잘 부서지던 달빛

그 달빛을 밟고 서 있으면
내 안의 다른 육체가 왠지 무럭무럭 자라나
어린 나를 쓰러뜨릴 것 같았다.

온 몸이 새의 발이 되어 아침마다
무더기의 안개를 가슴에서 뜯어낼 때 마다
내 어린 가슴은 단단하고 서글픈
마을 언저리의 막돌을 닮아갔고

바람의 향방을 따라 길을 나서던 나는
내 인생의 무수히 많은 구멍들이
바람의 통로임을 알고
곧 길 찾기를 멈추었다.

가슴으로 태양의 자리를 다듬고
사라진 노을의 전설을 매어 놓으려했던
어린 소년에게도
세상은 어찌나 간절한 기원이었던지

어린 생지의 나는
손등에 못이 배기도록
어둠을 헤치는데 몰두하기 시작했다.

젊은 날의 초상

너무 깊은 곳을 본 날은 아주 작은 것에도 상처받았다.
가을 햇빛은 주사기 바늘처럼 따끔거리고
그러다 마주친 쇼윈도에
어정쩡하게 인화(印畵)된 내 모습은 무척 왜소해보였다.
난쟁이의 나라가 지정한 규격품에 맞게
나의 영혼은 포켓(pocket)사이즈가 되어가고 있었다.
간편하고 읽기편한.
그리고 소금으로 간 하지 않은 나의 열정은
치사량(致死量)을 향해 조금씩 부식되어가고 있었다.
햇살에 함부로 노출된 비늘처럼
나는 필사적으로 몸부림쳤다.
나의 아가미는 꿈의 생태계에서 진화되어왔기에 ……
이곳 어둠이 작열(灼熱)하는 곳에서
도도한 유영(遊泳)을 꿈꾸는 나는

그러나 사랑을 통해 굴복을 배웠다.
그 뭉클함에
잠시 고개 숙이는 법을

중심

세찬 바람이
아득하게 열어놓은 중심엔
뜻밖에도
고요가 있다.
함부로 다룰 수 없는
단단한 고요
바람의 줄기는 실핏줄처럼
그 중심에 자리 잡은
바위 같은 고요를 감싸고 있다.

꽃들이 만개(滿開)한 자리
그 중심엔
가난한 햇살이며
위로의 말 한마디 같은 빗줄기가
서로의 몸을 조심스럽게 열며
절박하게 응답하고 있다.
그들은 서로가 서로에 대하여
낮아져야 하는

그 이유를 안다.
되돌아보면
살아가는 용기는
힘의 문제는 아니었다.

저 위태로운 바람속의
단단한 고요를 내 것으로 할 수만 있다면…

저 꽃 한 송이를 피우게 하는
사랑, 그 굴복의 진정함을
내 것으로 할 수 있다면…

27세

배회가 없으면 詩도 없다.
눅눅해진 불면의 밤을 끌어당겨
내 관념 속에서 웃자란
몇 가지의 냉소(冷笑)들을
따뜻한 언어로 덮는다.
詩란 그런 것이겠지.
동면(冬眠)에 걸린 투박한 이 땅에
잠시 거름이 되어 주는 것
사랑이 자랄 수만 있다면……
그리고 생각했다.
빨리 늙어버렸으면 좋겠다고
정체된 도로처럼 숨 막히는 27세의 긴장
(출구 없는 터널은 대체 누가 열어놓은 것일까.)
그 긴장은 내 인생을
미학(美學)적인 것으로 다듬지만
불현듯 내 이마를 스치는 것은
저 느티나무 아래의
한가한 늙은 사람이다.

바람 한 줄에도 영혼이 청결해지는
시간의 여백에서 우러나온
조촐한 향(香)
그 향기를 담는 조그마한
사발
인생이다.

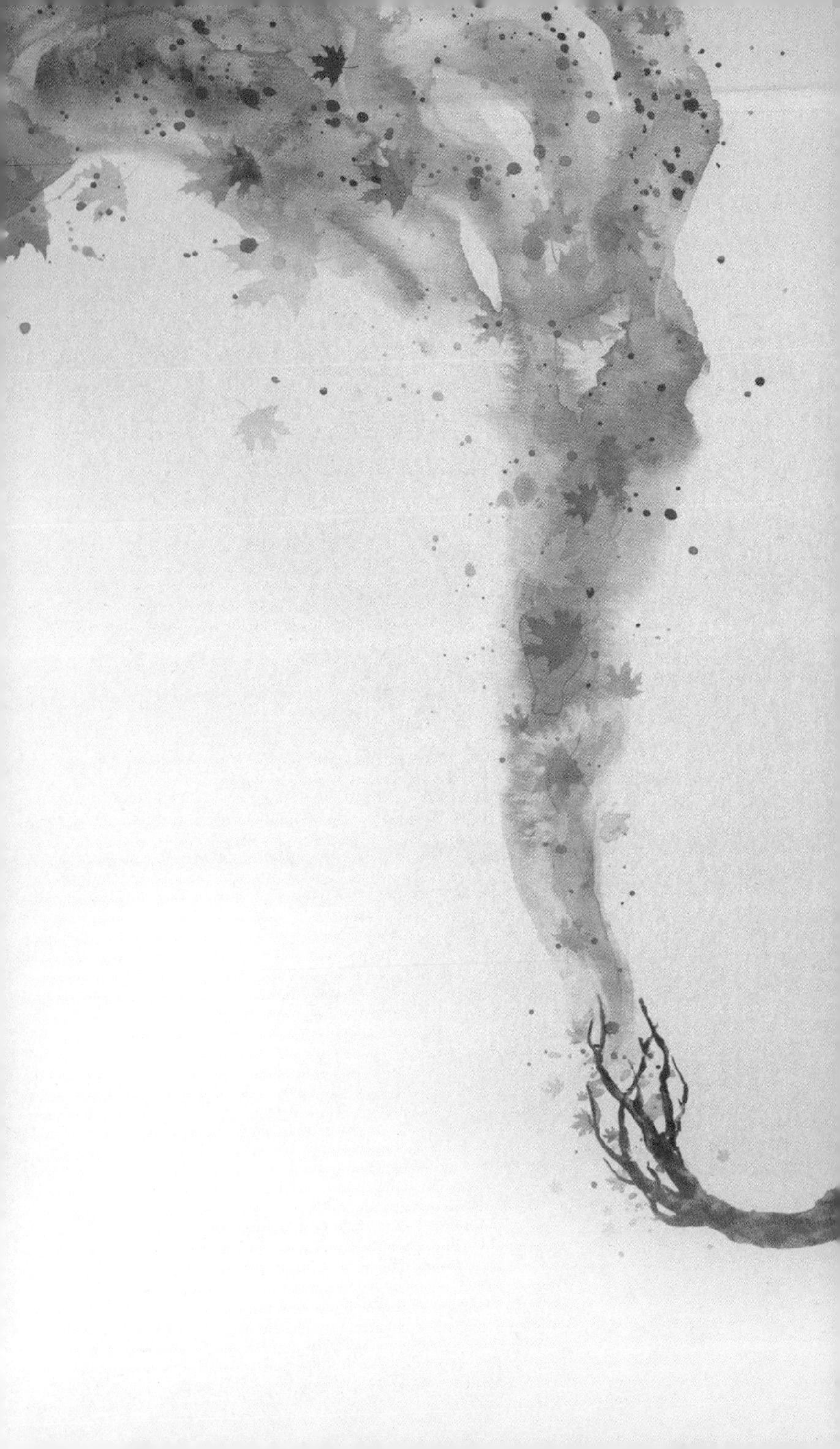

청춘

눈물을 씨앗삼아
한그루 나무를 키웠습니다.
가슴으론 다 안을 수 없는 나무
자유…
내가 나에게 얻을 수 있는 전부였죠.
바람의 뒤꿈치를 밟으며 몇 번씩
나는 나를 허물었습니다.
자신을 부정(否定)하는
성스러운 용기,
헐벗은 나의 기도소리를
덮어주었습니다. 그때
점잖고 교양 있는 미소와 곁들인
안녕이란 말이
얼마나 잔인한 인사말인
것을 몰랐습니다.
시간은 떠나갈 때 침묵한다는 것을
그때는 몰랐습니다.

추문(醜聞)

젊음은 수음처럼 지나간다.
아스피린 같은 뜻 모를 절망을
삼키며
아득한 곳으로 내쳐 뻗은 손목이
문득, 구리빛 나는 햇빛에 닿을 때도 있다.
이불 홑청처럼
내 안에 널려 흔들리던
사랑은 다만
빛바랜 루머.

구겨진 희망을 펴볼 때 마다
그곳엔, 삶이라는
조급한 독촉장만이 있음을
나는 몰랐다.
내가 내 것으로 할 수 있는
유일한
둔중하고 비대한 나의 몸피가
들피지고 앙상한 나의 추억을

조롱하고 있음을
하여
내가 지나온 길 어딘가에
드문드문 꽂혀
깃발처럼 손 흔들던
사랑이여, 안녕
겨울의 서러운 입김 같은
이별이여, 안녕

되돌아본 곳엔
다시는 내 것이 될 수 없는
시간이
바람의 끈으로
겹겹이 이어져있었다.

잔인하고 시린
손톱 같은 햇빛이
세월의 넝마를
조금씩 말리고 있을
그 때

노래

새장속의 새들은
발목이 묶인 채 지저귀고 있다.
빈 몸으로 밀려오는
아직 덜 익은 가을의 바람을 위로하듯
사람들은 그것을 노래라고 생각한다지.
풀어달라는 절규인지도 모르고
신기 한 듯
새들과 눈을 맞추고 있군
절규는 자존심이 있는 노래야
강단 있는 가락이지.
神에게 다가가는
첫 번째 사다리 같은 것
때마다 한 번씩 그대의 가슴을 세척하는
철지난 유행가하고는 다른
울림이 있지.

그 울림에 한번
어깨를 기대봐.
그 봉지 같은 작은 가슴에도
울림이 있듯이
너에게도 아직 못 다 부른
노래가 있다는 것을
느껴봐.
절규를 닮은 노래를 아니,
노래를 닮은 절규를…

단상(短想)

죽음은 나에게 친숙하다.
친구들은 서성대며 삶을 노래했지만
아침이면 어김없이
나의 딱딱한 책보의 만행에 의해
바퀴벌레는 비명 없이 죽어갔다.

그들은 무덤도 갖지 않았지만
용케 먼지가 되어
풀풀 허공 속으로 내저어갔다.
살아있음보다 신속하게
그들은 자신의 주검을 정리하는 것이다.

다만 나는 쓰레받기를 이용해
그들의 살아있음을 극명하게 지우고
그들 냄새가
내 삶에 환원되는 것을 막기 위해
그날의 일말의 사건에 대해 입을 봉한다.
죽음은 언제나 그 누군가에게

'완전한 범죄'를 안겨준다고 생각하며
고개를 몇 번 끄덕이며
살아있는 자는 그러나
죽은 자의 흉곽(胸廓)속에 감추어진
마지막 고동소리를 들어야한다
살아있는 자를 향해 내쏘는
시쳇말의 신호를

더 이상 그들의 것이 아닌
사랑과 미망(未忘)의 언어들
그 사소한 흔적들 사이에서
잠시 머물던 신의 숨결을

이 땅의
들피지고 굶주린 주파수를 향해
그가 계속 무엇인가를 보내고 있다.

죽음의 탯줄
그 시간의 행간(行間)에서 창조되는
우주의 음률을

랩으로 쓰여진 시
혹은 시적인 어떤 것

아침에 슬그머니 눈을 떴어
희멀건 아침에 찾아오고 있었어
내가 감당해야하는 하루는 늘 조금 서글펐어
지팡이를 들어야했고 흰 장갑을 껴야했어
마치 거룩한 사도처럼 나의 그 모습은
의미심장해 보이지만 사람들은
내 인생의 굴곡진 어두운 그림자를 몰라
저마다 내 곁에서 물러섰어
슬그머니 나를 피했어
나는 사랑해서는 안 될 사람을 사랑했어
하지만 그 사랑엔 잘못이 없다고 믿어
다만 그 방법이 틀렸을 뿐이야 우리는 모두
감당할 수 없는 터무니없는 사랑을 할 때가 있어
다 지나고 나면 훅 간 듯 띵한 듯 머리가 아픈
나는 어리석게도 그 사랑을 믿었어
나는 미련하게도 그 사랑을 한없이 갈구했어
나는 그 사랑에 오래도록 흠뻑 취해있었어

결국 내 몸이 다 무너지고 난 뒤에야
그 사랑은 발걸음을 멈췄어
내 열망은 굳었어 내 가슴은
냉동고처럼 식었고 결국 더는
아무것도 온전히 믿지 못하게 되었어
나 자신의 열망조차도 …
어떤 차가워진 그리움마저도 …
hook: 내게 뜨거운 사랑을 다시 돌려줘
허물어진 나를 일으켜줘
내가 다시 사랑을 시작할 명분을 쥐어줘
내게 다시 사랑이 올 거라고 속삭여줘
설혹 그것이 거짓이라도
거짓이라도 … 거짓이라도 …

U로부터 온 짧은 서신

1

자신의 문장과 마주치는 일은
어려운 일이라고
그는 썼다.
타자기용 흰 표백지의 정중앙에
일체의 간섭도 허락하지 않겠다는 자태로
그 문구를 배치할 때조차
그는 그것이 자신의 문장으로
분한 것인지 의심스러웠다.

하기야 문장 따위야 아무래도 좋다는 식으로
살 수도 있을 것이다.
자동차의 날 센 바퀴에 채인 강아지가
모든 사람들의 정당한 묵인 하에
조심스럽게 치워지듯
문장을 그렇게 대우한다고 비난할 사람은
이곳에 아무도 없다.
어둠이 그 녹슨 빗장을 열고

아침을 허락하는 순간부터
사람들은 삶의 도보를
계속 진행시켜야만 되는 것이다.
번화한 그 거리에
문장이 들어설 공간은 이미 존재하지 않는다.
길가의 그 누군가를 붙잡고
문장에 대해 묻는다면
그는 거침없고 당혹스러운 반응에
놀라워 할 것이다.
"대체 문장 그것이 어떻다는 거요"

하기는 그는 그에 대해서는 옳았다.
하지만 그것은 또한
문장을 생각하는 또 다른 그에 대해서는
너무나 먼 곳에서 틀렸다.
언제부터인지 모르게
그는 문장을 생각하는 사람이 되었고
일단 시작된 그 열정은 좀체 사라지지를 않았다.
살점에서 건진 혈액을 보관하는 캡슐처럼
그의 문장은 그에 있어선
고귀한 어떤 것이었다.
어쩌면 그것은
이상한 사랑의 형식이었는지도 모른다.
그 누구도 흥분시키지 못하는……
한없이 차갑기만 한……

만취한 시간

양주잔을 들 때 마다
나는 사나운 짐승하나를 만든다.
그때 나를 알던 사람들은
나를
다시 알기 시작한다.

나는 결코 격조 있는
건축물이 아니다.
퇴락한 중세시대의
마지막 남은 골조(骨組)처럼
나의 언어에 뚜렷이 새겨져 있는
균열, 그 사이를 비집고
시큼한 상처가
화끈거린다.
여러 가지의 용기가
내 몸을 빨려 나간다.

용기를 잃으면
나쁜 사람이 되는가보지 ……
양주를 가슴 언저리에 부을 때 마다
내가 버린 것, 혹은 잃어버린
꿈이며 사랑이며
30대 후반에도 제자리를 찾지 못한
부대낀 자존심들이
봄꽃처럼 화사하게 빛나
하지만 시간의 경계에서
시간의 힘이 물리친 그것들을
만질 수 없음에 ……

나는
다시 채 채워지지 않은
잔을 붙들지 모른다.
그것이 살아가는 용기라고
자신을 납득시키며
그러한 자신까지를 용서해야하는
그 용기를

가끔은 양주잔에서 발견하며
그렇게 ……

고독의 기원

그의 얼굴은 폐광촌처럼 검고 어둡게 빛났다.
낮고 음침하게 내려앉은 그의 어깨는
쓸쓸하게 죽은 새들의 천국
바람이 꽃씨들을 물어다주는

때로 달빛 한번
그를 밟고 갈 때면
폐쇄회로 속의 다른 그가 부지직 살아 꿈틀대지만
수음(手淫)하는 아이처럼
달빛은 그의 뒤에 무겁게 흘러내린 그림자를
비밀로 부치기도 한다.

먼지에 가득 덮인 두꺼운 권태는
그가 유일하게 알고 있는 잠언서
그는 때로
누군가 부르짖다 만 기도의 한 소절이 되기도 한다.
물기어린 영혼을 닦는

그는
아직 채 마르지 않은 물감이 되어
달빛 어린 어느 골목 어귀에서 소리 없이 번진다.

그의 폐광촌 같은 얼굴은
더러 세상을 떠도는 추문이 되기도 하지만
사람들은 그 추문 속에서
조율되지 않은 자신의 귀를 점검한다.

고독의 음률에 어울리지 않는
자신의 큰 목소리를
조심스럽게 가다듬으며

회상

겨울이면 꽃들이
왜 그리 입을 꼭 다무는지
힘찬 향기로 피어났다.
왜 잦은 한숨으로 꺼져 가는지
나는 지극히 알지 못했지만
봄이 되면 어김없이
겨울이 흩뜨려 놓고 간 거리를
슬슬 밟아도 가며
고개 내미는 꽃들을
여축없이 기다리곤 했다.

살아있는 것들이 저물기 시작하고
저무는 몸들이 아픈 향기로 다시 움 트는
이 세상, 사랑은 항상 마음 속 깊은 곳
괴로운 못이 되어
끝도 없이 자라나지만
나는 사는 그리움에 몸을 털고
내게 방문한 빛들을 조심스럽게 맞이했다.

몇 번씩 사는 게 이런 것은 아니다.
가슴을 흔들며
먼발치로 다가섰지만
나의 손은
모래처럼 흘러내리는 시간을 쥐기에
이미 익숙한 그 손

나는
바람을 힘껏 포옹하고
삶 위에 우뚝 서기로 한다.
휘청거리는 나무처럼
그러나 끝끝내 잘도 견뎌나가던
그 이름 없는 나무들처럼

그

-어떤이를 생각하며-

그는 늘 승승장구하던 사람이었다.
한 치의 오차도 허용치 않는
구김살 없는 삶
매끄러운 비단길 같은 그의 길가엔
짙은 꽃내음들이 가득했다.

반면 나의 삶은
구겨진 종잇장처럼
마구 어지럽혀 있었다.
삶의 진폭은 나를 숨죽이게 했고
빈틈으론 사나운 바람이
늘
들락날락했다.

우리가 함께했던 시간들은
무엇을 위한 시간들이었을까
우리가 공유했던

만취한 시간들에 머무르는
쉰 바람 소리는
어디에서부터 온 것일까…
서로를 안다고 생각했지만
소리 없이 서로를 떠미는
그 이상한 완력 앞에서
우리의 촘촘한 시간은
모래시계처럼 흘러내리다
마침내 주저앉았다.
말없이
털석…

아픈 소리를 내며
손짓하며
우리는
서로의 반대방향으로
무한히 걸어갔다.

어떤 diary

-낙서같은-

그리움에도 색채가 있을까
어떤 기억의 망막
필터 속으로 투영된 기억은
흑백사진처럼 흐릿하고
미묘한 빛의 굴절처럼
오묘한 느낌을 발산한다.
때로 섬광처럼 뜨겁게
내 기억의 언저리에 몰려오는
아릿한 통증…
사랑은 늘 화끈거리는 고통을 수반하는 것일까
숙취 후에 남는 일상의 현기증…
살아있다는 것에 이미 퇴색 되어버린
내 감각의 촉수를 깨우는
어떤 기억들…

살아있다는 증명처럼
나를 불러 세우는 삶의 호령소리…
뒤돌아보면 그곳엔 어떤 의미도 없었다.

시간의 긴 자취만이 길게 늘어져 있을 뿐…
의미를 알 수 없는 단어처럼
내 인생의 긴 독백은 저 홀로 반복된다.

열정

젊음이 눈부신 것은
회의할 자격이 있기 때문
사유(思維)하지 않으면
부패한다는 것을
존엄한 어른들에게 배웠지
고여 있는 물의 비효율성
정체된 시간의 비린내

그러나 나는 들썩인다.
나의 식지 않은 영혼은
탐스러운 이마를 가지고 있음으로

나의 심장이 흘러
어느덧 그림자가 되는 곳에서
날마다 내 안의 어디선가
밖을 향해 두드리는
수상한 노크(knock)소리
나는 봉함된 슬픔이다.

눈물이다… 사랑이다.
광목같이 질긴 삶이
매듭으로 풀려지는 날
내 속에서 아우성치던
고통과 기쁨 또한
무성한 잎가지들을 들추어내던
햇빛과 같은
날카로운 경련이려니……
나는 내 지난날을 기억하며
조그마한 열정을 남겨놓겠다.

산다는 것이
죽음의 틈을 정교하게 다듬는
바로 그 간절함이라면

서시 3

물체가 떨어지는 것은
그 외관이 부풀어 올랐기 때문이다.
내부를 다 벗겨 내리지 못한 채
속 깊은 아픔을 품고
허공 속으로 파고드는

………………………………

이때쯤 시인은 자신이
상한 물체일 뿐이라는 것은 안다.
버짐처럼 찢어진 시선을
내다버리지 못한 그는
너무 많은 것을 보았음으로
자신의 밑바닥으로 떨어진다.

바람이 제 슬픔의 무게를
이기지 못하고 하강 할 때
태양마저 어느덧

절망의 빛깔로 물들 때
어김없이 두 팔 벌려
그것들을 거두어들이는
이 '세계'라는 장소는
봄
여름 없이
추수의 계절이다.

시인(詩人)

그는 그렇게 하지 말았어야 했다.
그는 모든 것을 무리하게 선명히 보려했다.
도수 높은 언어의 필터를 지나치게 남용했다.

떠도는 도시 속
사건과 사물들에게 투명함을 강조 할수록
모든 것들은 그의 앞에서 몸을 움츠리고
비극성만을 노출시켰을 뿐이었다.
세계와 그는 너무 밀착되었다.
그는 위험한 거리에 있었던 것이다.

사람들은 흙에서 나오는 것을 먹으며 살고
그는 힘겹게 공포(恐怖)를 삼켰다.
결코 배설되지 않을 한줌 존재의 양식(糧食)
자유는 공포라고 샤르트르는 말했지만
예수를 십자가에 매달리게 한 것은
저 무지한 군중의 공포스러운 자유의지였다.

신은 침묵했다. 신은 저 무지한 군중
아니 저 군중의 무지함조차도 존중했다.
그것이 그의 의지였다.
그의 도수 높은 언어의 필터는
그 의지 앞에서 무력해졌다.
“그것이 사랑이라면 그 잔을 달게 받겠나이다.”
황량한 하늘을 향해 쏘아올린
그 마지막 절규
詩人의 공포가 구제받을 수 있는
유일한 단서가
그 처절한 밤에 깊이 각인(刻印)되었다.

詩人은 도수 높은 언어의 필터를 거두고
잠시 눈을 붙인다.
그리고는 입술을 깊이 깨문다.
침묵이 거대한 詩라는 것을 알게 되기까지
그것이 사랑의 또 다른 이름이라는 것을 깨닫기까지

불면

나의 피엔 잠이 없다.
꿈의 항목이 빠져있다.
세상의 어느 간절한 손길이
내 삶을 이렇듯 허술하게 만들었다.

정방위적인 움직임으로
뒤척거리는
미로 같은 밤
별들은 밤의 샘물에 띄워지고
모든 생명체는 이미 탈고(脫稿)된 채
각자의 자리로 돌아갔는데
나에겐 아직 유폐된 낱말이
남아있었는지, 아니면
그 낱말이 으깨어져
내 삶의 마디를 괴롭히는지
나는 모르겠다.

별들을 어슬렁거리다 문득 멈춰서보면
어둠은 발기발기 찢어진 채였고
잠들지 못한 육체는 사뭇 축축도 했지만
썩어가는 기도소리 들으시며
어머니는 내게 충고 하셨다.
남들이 그렇듯 너도 잠들어야 한다고…

하지만 어머니
저는 그때를 모르겠는걸요.
저를 이대로 가만히 놔두세요.

그렇게 하루 이틀
밤을 보내고 아침을 맞으며
한 가지 중요한 사실을 터득했다.
책상 모서리에 귀를 맞대면, 어느 순간
낮에도 꿈 꿀 수 있다는 것을
나는 꿈 잘 꾸는 몽상가라는 것을

저기 저 너머 어슴푸레
밤이 물결치고 있다.

시장

삶이 강물처럼 흘러가는 그 곳
노파의 얼굴엔
그 도도한 물결에 긁힌 주름 자국이
햇빛 속에
선명이 드러나 있었다.
삶의 구상화처럼
함몰된 눈두덩이에 배인 깊고 오묘한 그늘
그리고 알았다. 신은 이 낮은 곳에 임하셔서
맨드라미를 키우시고 무화과를 여물게 하시는구나
고기잡이를 찾아가시던 그의 발자국을 나는 어렴풋이
기억한다.
거칠고 사나운 어부에게로 투벅투벅
그리고는 야위고 떨리는 손을 숯처럼 그을린 그들에게
내미셨겠지
"나는 너의 고통을 이해한다."
그의 정중한 그 인사는 그들에게 기필코 쓴잔이었으리라
그러나 나는 이 먼지 풀풀거리는 시장 통
어느 한 귀퉁이에서
엄숙하게 그와 대면한다.

고통의 수면에 침잠한 그들의 발목을 씻는
어쩔 수 없는 그리움으로
그 인생의 쓴잔에 함께 건배하는

대륙풍의 비만한 바람이 나를 부화시키는 9월 어느 한 때

평론가

-lee에게-

꽃의 향기를 자로 잴 수는 없다.
사랑의 울림을 측정할 수도
그리움의 부피를 가늠할 수도
이별의 아픔을 생략할 수도 없다.
모든 공식은 발견되어지는 것
그러나 삶의 공식
이상한 결과를 초래하는
사랑, 그리움, 이별이란 연산법칙은
아무래도 사람의 발명품
세상엔 설명할 수 없는 부분이
떠다니며 사람을 다치게 한다.
누구의 계산일까

그러나 명확하고 빈틈없이
그 연산법칙의 해법(解法)을
지니고 있는 그대는
솜씨 좋은 삶의 평론가인 것이 분명해
가슴에 예리한 검을 품은
평론가

어떤 섬에 대하여

-lee에게-

그는 섬이었다.

늘 흐릿한 새벽안개가
그의 곁에 머물렀다.
고독을 품은 새들이
그 안개 속으로 잠입했지만
결국
되돌아오지 않았다.
'정직한 슬픔'을 맛본 새들은
그가 터준 안개의 밭에
주저앉았다.

그는 섬이었다.

해독되지 않는 파도의 물살이
그의 엄숙한 밤을
심하게 구겨 놓는 때도 있었다.

그럴 때 그는 소리 없이 별을 쥐었다.
별의 비명소리에 선잠을 깨지만
그때도 역시
그는 섬이었다.

마음을 다스리듯이
달빛을 닦고
바람을 끌어당겨
결이 반듯한 주름을 잡아주었지만
아무도 눈치 채지 못했다.
꽃들이 얼굴을 들 때마다
수혈 받은 혈관처럼
붉게 부풀어 오르는 그의 대지를

그는
사람들이 한 번도 밟아보지 못한
정복되지 않는 섬이기에
그토록 아름다웠다.

먼 곳에 머물기에
그는 눈부셨다.

어떤 사막에 대해

나는 그것을 '우아한 슬픔'이라 부른다.
사막을 건너간 사람만이 남길 수 있는 발자국
모래바람이 허기에 찬 듯
내 발자국을 의미 있게 삼키는
별들만이 무리지어
나의 조촐한 고독에 경배하는
그곳 사막에서 나는
그리움이 베풀 수 있는
작은 희망을 발견하곤 했다.

생각해보면
나는 내 몸의 전체를 들고
곧장 하나의 길이 되었던 것 같다.
나밖에는 떠내려갈 수 없는 그 길은
나를 끝내 버텨준 그 하나의 길은
어느덧
내 마음속 사막으로 뻗어있다.

인생이 승산 없는 게임이라는 것을
나는 이미 알고 있지만
그러나 나를 지탱시키는 것은
사막을 걸어가는
그 무모하고 팽팽한 고집이었다.

아마도 누군가를 사랑한다는
그 의미는
그가 홀로 자취를 남긴
그 사막속의 발자국을 포용하는
그 힘임을…

사막에도
달이 뜨고
별이 진다.

7부

불혹
…
그 이상한 징후들

불혹
그 이상한 징후들

술 취해서 더는
허튼 문자 보내지 않는다.
술기운에 한 행동들이
용납되지 않는 나이
사랑하는 그 생생한 느낌마저도
차가운 점검을 받아야하는 나이

행동의 오류가
치욕으로 다가올 수 있다는 것을
섬뜩하게 경험 하게 되면
먼저 몸 사리는 법을 익히게 된다.

몇 개의 가면을 쓰고
자신도 납득하지 못하는
미소를 머금고
때로 이해하지 못하는
눈물을 마지못해 삼키며

불혹 그 한없이 쓸쓸한
길목을 어슬렁거린다.
뜨거워지지 않는
냉랭한 가슴을 지피며
더 이상 사랑을 기다리지 않는
자신의 태무심함에 놀라워하며
멀어져가는 기억들을
선선히 놓을 수 있는
그 위태로운 벼랑 끝에서
외로운 한 남자가
간신히 버티고 있는 것을 본다.

외줄에 서있는 것처럼
휘청거리는 40대 후반
불혹
그 이상한 징후들을…

유화처럼 끈적끈적한 시간들이
뒤엉겨있는
수상한 나이…
불혹
그 앞에 내가
우두커니 서있다.

취중진담

때로
사랑이란 이름의 그 어설픈 간교함이 싫다.
터무니없는 희생을 강요하며 나를 코너로 모는
이상야릇한 도덕관이 싫다.

나를 둘러싸고 있는
이 세계의 암울한 공기가 싫다.
나를 함부로 다루는 낯선 소문이 싫다.
저기 언덕배기 노을이
잠시 내 곁에 머무르는 것도
과분해서 싫다.

나는 너의 아름다움을 담기에는…
지극히 처절함으로…

긍정만을 강요하는 그 종교라는 이름의
출입구는 늘 내 가슴에
시린 생채기를 만들고
싫다고 되 내이는 나의 말은
미친 주문이 되고
오직 감사라고 하는
그 헛헛한 말은
가장 위선적인 몸추새에 불과하고
어디쯤 와있다고 믿었던 것은
한낱 오해였고

어딘가를 향해하고 있다고
믿었던 것은 한낱 자기기만 이었다.

인생이 한낱 속고 속이는
굴레처럼 느껴질 때
단 한순간도
온전히 사랑받지 못했음을
알게 될 때
이제 비로소
자신을 비우는 방법을 터득하게 된다.

비어있어야 출렁일 수 있음으로
여백이야말로
아름다움의 마침표임을 알게 되기까지…
비우는 연습은 계속 된다.

욕망으로 과열된
이 도시 한 모퉁이에서
누군가
텅
비워 가고 있다.

누군가는 소멸의 오르가즘에
부르륵 몸을 떤다.

비우고 비워도
출렁이는 자신을 느끼며
그렇게 아파하며 …

태종대 전망대에서

저기 저 너머
푸른 바다 한 귀퉁이에
오롯이 저 홀로 얼굴을 내민
작은 바위섬처럼
나 역시 꾸역꾸역 살고 있다.
저 멀리서 다가오는 바람이
나를 격하게 안을 때
그 차가운 냉기가
나를 새롭게 각성 시킬 때
내가 아직 살아있음에
흠칫 놀란다.

실핏줄처럼 엉겨 붙은
여러 개의 링거에 의존한 채
몇 달을 대롱대롱 버틴 적이 있었다.
짐짝처럼 누군가의 손길에서만
움직일 수 있었던 그때
삶이 죽음에 밀착되어가던 그때

혹은 죽음이 친숙하게 다가오던
두려운 나날들이
내게 있었다.
하지만 나는 다시
저 작은 바위섬의
힘겨운 버팀처럼
삶의 수면위에
나의 번뇌에 찬 얼굴을
오롯이 내밀었다.
말간 햇살 속에서
어떤 종류의 그리움과
상처와
사랑을
빳빳하게 말리며 …

나는 조금씩
그리고 서서히
또 다른 나로
태어나고 있었다 …

금연

딱
한대 피고 싶다.
필터에 의존했던 내 생의 환부들
그러므로
내 인생은 주입식이었다.
밖에서 안으로
무엇인가를 끊임없이
투여해야만 만족해하는
일 방향 적인 삶.

인생의 차이는
그 단 한번을 허락하느냐의 차이
우리들 인생의 강은
그 단 한 번의 너그러움
그 단 한 번의 부주의의 거리를 두고
도도하게 흐른다.

안타까운 담배 한 모금처럼
이제 나를
어디엔 가에 투여하고 싶다.
이 세상 한 귀퉁이
아무도 돌아보지 않는
어둠과 소요가 껌처럼 달라붙어있는
지구 한 귀퉁이에라도
나를 불어놓고 싶다.
그것이 바람 한 줄에도 쉽게 꺾일
사소한 열기일지라도
나는 나를 던지고 싶다.

그대 어서
나를 흡입 하렴
계시 없는 바람이
쉬이 지나가고 있으니 …
그대 어서 빨리.

조그마한 천국

아침엔 조반대신 커피를 달여 마셨다.
겨울이었고
영하의 수은주에 기댄 내 몸은
소리 없이 무너져갔다.
겨울이 건진 바람으로
나는 내게 다가올 죽음을 식히고
낯선 이방인의 노래처럼
꽃들이 기억 속에서만
피었다 …
졌다.

몸을 기울이면
혈관을 타고 내려가는
암갈색 손수건들이
내 고독의 훈훈한 입김을 닦는 것을
느낄 수 있다. 신이 겨울을 물들이듯
커피 한잔이 이 서늘한 아침에
경고 없이 스며들었다.

세상에 대해 늘 무방비적인 내게
그것은 도발이었다.
비록 내 몸 가득히 쌓이는 것이
퇴락한 시간과 땜질된 미소일지라도
더러 그것들이 밤이 되면
덜그럭 거리며 맞부딪혀
어둠의 소요를 일으킬지라도
나는 두렵지 않다.

브레이크가 나에게 보낸
차가운 문구
(살아남은 자의 슬픔)은
무서운 냉기가 되어
이 겨울을 괴롭히지만
삶은 여전히 효력을 잃지 않고
구멍 난 옷섬에 가아 닿는 단추처럼
내 삶을 단단히 여미어주므로

사는 건 이런게 아닌데 싶어도 나는
이 겨울 아침에 마시는 커피 맛을 안 이상
결국 살 수 밖에 없는 것이다.

쉽게 쓰여 진 시

사실
쉽게 쓰여 진 시는 없습니다.
가슴의 들불이 다 타버린 후
아픔마저 한줌의 재처럼
잉여로 남을 때 비로소
시를 쓸 용기가 생기죠.

쉽게 쓰여 진 시 속의
시인의 눈물을 보았습니까.
아직 채 마르지 않은
눈물자국은
시인의 훈장입니다.
쉽게 쓰여 진 시 속의
시인의 사랑을 느끼셨나요.
사람은 사랑 할 때보다
사랑을 기다릴 때
더 아름다울 수 있다는 것을
알기에

쉽게 쓰여 진 시 속의 시인이
부주의하게
펜을 들었을지 의문입니다.
쉽게 메꾸어질 것 같은 생채기는
매일 매일
남몰래 돋아납니다.
한줄기 상처로
한줄기 그리움으로
한줄기 시로
그것을 어루만지는
시인의 손길은
결코 쉬운 것이 아닙니다.
그러므로 하찮은 시라도
쉽게 쓰여 진 것은 아닐 겁니다.

지금도 누군가
마음속을 헤매며
시를 씁니다.
아무에게도 들키고 싶지 않은
마음의 한 켠을 어루만지며
쓰고 지우고
또 씁니다.

쉬운 듯
쉽지 않게……

인생…
어느 길목에서

가도 가도 끝이 없다.
어딘가에 닿았다고 생각했지만
풀 풀 먼지 날리는
헛손질뿐이었다.
사랑이라 믿었던 것들은
검붉은 앙금만 깊게 베었다.
알았다고 믿었던 것들은
알았다는 착각에 불과하다는 것을
겨우 알았을 뿐이다.
인생 그 긴 길목에서
겨우 그 한자락 깨달음을
위태롭게 쥐었을 뿐이다.
가야할 길이 아직 먼데
털썩 주저앉고만 싶은
40대 후반 어느 우울한 한 날
내게 달려드는 햇빛을
한번 꽉

움켜진다.
사납고
고집스럽게 …

저기 저 너머
무심한 시간이
무표정하게
흘러가고 있다.

낯설다

오늘 나는
내가 낯설다.
어제로부터 얼마간 멀어진 나
어제와 사뭇 다른 오늘이다.
한 달 전의 나
1년 전의 나
10년 전의 나는
이제 여기에 없다.
우리는 모두 시간을 등지고
낯선 자신에게로 다가간다.
그것은 미지이며
미지이므로 또 다른 두려움이다.
내 오래된 사랑에선
이제 퀴퀴한 망각의 냄새가 난다.
온통 꽃 길 만 같았던 그 나날도
이제는 앙상해져있을 뿐이다.
우리는 날마다 자신을 갱신하면서
낯선 삶의 바다에서 허우적댄다.

잡히지 않는
지푸라기 같은 구원을
속절없이 기다리며 …
시간은 그렇게
느릿느릿하게
우리를 짓밟고 지나간다.

오늘 내가
섬뜩하게 낯설다.
낯선 내가
서늘하게
두렵다 …

49세의 잠

49세쯤 되면
그냥 스르륵
스스럼없이 잠들 수 있다.
내일일은 그냥 내일에 맡길 수 있다.
잘되든 못되든
달콤한 잠을 잘 수 있다.

한 때 젊은 날엔 번뇌로 밤을 지새웠다.
어떠한 진실 등이 유린당한 것처럼
나는 늘 피멍이 든 의식을 부여잡고
오지 않는 잠을 애써 추구했다.

하지만 이제 49세인 나는
시도 때도 없이 잠들고 싶을 때
잠들 수 있다.
노련한 잠 꾼이다.

이제 희망이란 이름의
그 막연한 약속을 부여잡지 않는다.
떠나간 사람의 뒷모습을 상기하지 않는다.
응답받지 못한 기도에
절망하지도 않는다.
때로 너무 평온해서 그것이 무섭다.

가끔 이런 생각이 든다.
이미 나는 죽은 것이 아닐까
내 삶의 째깍대는 시간의 소리는
먼 곳에서 울려 퍼지는
죽음의 산울림은 또 아닐까
나는 다만 시간 속을 무의미하게
허우적거리는 것은 아닐까
나는 이미 너무 많이 살아버린 것은 아닐까

터무니없는 일상의 무게에 짓눌려
나는 지나치게 늙어버린
이 불쾌하고 때로 아늑하기도 한
이 49세의 나이에 머무르는
잠을 애써
또
부여잡는다.
오지 않는 광명한 아침을
사무치게 기다리며……

권태

어느덧
나를 뒤흔드는 그런 떨림이 없다.
고목나무처럼 딱딱하게 버티는 일상
사랑노래가 언어의 배열만 바뀐
진부한 사기처럼 느껴지기 시작할 때
변질된 사랑의 기억이 얼마나 쓴지
알게 될 때, 터무니없이
무서운 권태가 나를 압도한다.
간이 촉촉이 배인 나날들을
애써 그리워 하지만
이제 무엇인가에
맹목적으로 빠지는 일은
더는 없을 것도 같다.
나는 너무 많이 알아버린 것이다.
혹은 안다고 짐짓 착각하거나
혹은 아무것도 더는 알고 싶지 않거나…

호포역에서 2

한 달에 한 두 번
마음이 울적 할 땐
강물이 길게 늘어진
호포역으로 달려가곤 한다.
그곳엔 반들반들 차갑게 윤기 나는
호포역이 있다.

어딘가로 흘러가는지 모를 물살들에
한없이 가라앉기만 하는 마음을 씻는다.
기우뚱 비추는 햇살에
축축이 젖어버린 추억들을 말리고
살아야겠다고
잘 살아야겠다고 작은 손을 움켜지고
굳은 다짐을 해본다.

강물이 유유히 흘러가는 것을
보는 것만으로도
행복해질 수 있다.

강 건너 먹이를 쫓는 새떼들처럼
분주하던 때가 있었다.
끊임없이 무언가를 갈망한은 것에 익숙한
부산스러운 도시의 삶
사랑마저도 몹시도 시끄러웠던 …
조금만 고개를 낮추면
햇살이 참 따뜻한 것임을
알 수 있는데
늘 못 본체 지나쳤다.

나는 지금
이 순간이
이 순간만인 것만으로
족하다.

오늘
햇살이
참
포근하다.

어떤 어리석음에 대하여

나는 어리석었다.
지금도 어리석음은
계속 진행 중이다.
삶에 대해서
사랑에 대해서
이별에 대처하는 법에 대해서
나는 늘 조금쯤 어리석었다.
사랑을 베푸는 것에 대해서
누군가의 진심어린 호의를
기쁜 마음으로 받는 것에 대해서
늘 미숙아였다.
인큐베이터에 갇힌 내 삶의
간단 간단한 호흡과 맥박의
위태로움을 견디는 것은
탯줄 같이 질긴
사랑 때문이지만
아니 사랑에 대한 열망이라는 것이
더 옳지만

나는 그 신념마저도 어리석게
맹신하고 있지만
사랑을 향한 나의 어리석음을
계속될 것이다.
멈출 줄 모르는 질주처럼

나는 그대를
지금도 그리워한다.
참
어리석다
하지만 왠지
그 어리석음이
뿌듯하다.
기특하다.
사랑에 대해
늘 무모한 헛발질의
장인인 나는 늘
어리석음에 대해서도
대가인 것이다.

격언에 대한 명상

때로
흠 잡을 때 없는 반듯한 격언은
나를 슬프게 합니다.
그 격언을 담기에는
내 삶이 누추해서
고독의 골이 너무 깊어서
상식과 보편화된 격언들을
이해하기에는
내 삶에 굽이굽이 늘어진
그 길들이 너무 난해해서
모든 사람들이 고개를 끄덕이는
그 격언의 명쾌함이
때로 무겁게 느껴집니다.

그 말들은 내가 아직 가보지 못한
그 길들의 이정표 같은 것이겠지만
그 망들은 시행착오를 줄이기 위한
사색의 해법 같은 것이겠지만

하지만 난 가끔 그 격언들을
훼손시키고 싶은
무모한 도발성을 느낍니다.
그 격언의 오류를 들추고 싶어 하는
못된 나는
매일 매일 나만의
새로운 격언을 만들어갑니다.
내 처참함 중년의 뒤안길을 쓰담을 수 있는
사랑의 헛발질에 늘 아파하던 나를
다독일 수 있는
나만의
나를 위한
비로소 비롯되는
바로 그런 순수한 격언

나는 오늘도
조금씩
천천히
나를 읽어 내려갑니다.